Henry Gréville

Dosia

Roman

 Le code de la propriété intellectuelle du 1er juillet 1992 interdit en effet expressément la photocopie à usage collectif sans autorisation des ayants droit. Or, cette pratique s'est généralisée dans les établissements d'enseignement supérieur, provoquant une baisse brutale des achats de livres et de revues, au point que la possibilité même pour les auteurs de créer des œuvres nouvelles et de les faire éditer correctement est aujourd'hui menacée. En application de la loi du 11 mars 1957, il est interdit de reproduire intégralement ou partiellement le présent ouvrage, sur quelque support que ce soit, sans autorisation de l'Éditeur ou du Centre Français d'Exploitation du Droit de Copie , 20, rue Grands Augustins, 75006 Paris.

ISBN : 978-3-96787-597-3

10 9 8 7 6 5 4 3 2 1

Henry Gréville

Dosia

Roman

Table de Matières

Chapitre I	7
Chapitre II	11
Chapitre III	18
Chapitre IV	22
Chapitre V	29
Chapitre VI	34
Chapitre VII	37
Chapitre VIII	40
Chapitre IX	42
Chapitre X	47
Chapitre XI	53
Chapitre XII	57
Chapitre XIII	64
Chapitre XIV	71
Chapitre XV	73
Chapitre XVI	77
Chapitre XVII	79
Chapitre XVIII	81
Chapitre XIX	88
Chapitre XX	93
Chapitre XXI	99
Chapitre XXII	105
Chapitre XXIII	113
Chapitre XXIV	117
Chapitre XXV	121

Chapitre I

C'était au camp de Krasnoé-Sélo, à quelques kilomètres de Pétersbourg.

On finissait de dîner au *mess* des gardes à cheval. Les jeunes officiers avaient célébré la fête de l'un d'entre eux, et la société était montée à ce joyeux diapason qui suit les bons repas.

Une dernière tournée de vin de Champagne circulait autour de la table. La tente du mess, relevée d'un côté, laissait entrer les derniers rayons d'un beau soleil de juin : il pouvait être neuf heures du soir, la poussière, soulevée tout le jour par les pieds des chevaux et de l'infanterie, redescendait lentement sur la terre faisant un nimbe d'or au camp tout entier.

Vers le petit théâtre d'été, où la jeunesse se désennuie de son exil militaire, roulaient de nombreuses calèches, emportant les officiers mariés avec leurs femmes ; les petits drochkis, égoïstes, étroits comme un fourreau d'épée, sur lesquels perche un jeune officier, – voiturant le plus souvent un camarade sur ses genoux, faute de place pour l'asseoir à son côté, – prenaient les devants et déposaient leur fardeau sur le perron de la salle de spectacle.

Cette joyeuse file d'équipages roulait incessamment de l'autre côté de la place ; mais la représentation de ce soir-là ne devait pas être embellie par les casquettes blanches à liséré rouge : MM. les gardes à cheval avaient décidé de clore la soirée au mess. On y était si bien ! De larges potiches de Chine ventrues laissaient échapper des bouquets en feu d'artifice ; des pyramides de fruits s'entassaient dans les coupes de cristal ; les tambours étaient copieusement garnis de bonbons et de fruits confits, – tout officier de dix-huit ans est doublé d'un bébé, amateur de friandises ; – de grands massifs d'arbustes à la sombre verdure cachaient les pieux qui soutenaient la tente... ; bref, ces jeunes gens, dont beaucoup étaient millionnaires, s'étaient arrangés pour trouver tous les jours au camp un écho de leur riche intérieur citadin, et ils y avaient réussi. D'ailleurs quand pour un dîner d'amis on se cotise à deux cents francs par tête, c'est bien le moins qu'on dîne confortablement.

– Où peut-on être mieux qu'au sein de sa famille ? fredonna le héros de la fête, en se laissant aller paresseusement sur sa chaise, pendant qu'on servait le café et les cigares.

– Vous êtes ma famille, mes chers amis, ma famille patriotique, ma famille d'été, s'entend, car pour les autres saisons j'ai une autre famille ! continua-t-il en riant de ce rire gras et satisfait qui dénote une petite, toute petite pointe.

Les camarades lui répondirent par un chœur d'éclats de rire et d'exclamations joyeuses.

– J'ai même une famille pour chaque saison, reprit Pierre Mourief avec la même bonne humeur. J'ai ma famille de Pétersbourg pour l'hiver ; ma famille de Kazan pour la chasse... l'automne, veux-je dire ; ma famille du Ladoga pour le printemps...

– La saison des nids et des amours ! jeta un interlocuteur un peu gai.

Le colonel, qui avait assisté au dîner, – il était l'ami de toute cette belle jeunesse, – jugea que le moment était venu de se retirer, et recula son siège. Les vieux officiers, au nombre de quatre ou cinq, l'imitèrent.

– Vous vous en allez, colonel ? s'écria Pierre en s'appuyant des deux mains sur la table. C'est une défection ! le colonel qui fuit devant l'ennemi !... Eh ! vous autres, le punch !... cria-t-il en russe aux soldats de service. Présentons l'ennemi au colonel, il n'osera pas abandonner son drapeau.

– J'ai un rendez-vous d'affaire, dit en souriant le chef du régiment, vous voudrez bien m'excuser... C'est très sérieux ! ajouta-t-il d'un ton si grave, que Pierre et les autres officiers n'insistèrent pas.

Le colonel se retira, serrant toutes les mains et répondant à tous les sourires.

– Qu'il est gentil, le colonel ! dit un lieutenant, il s'en va juste à temps pour se faire regretter.

– Parbleu ! c'est un homme d'esprit ! répondit un capitaine de vingt-cinq ans environ, décoré de la croix de Saint-Georges, et dont la belle figure offrait un mélange très piquant de gravité et de malice. Il a vu que Pierre allait dire des bêtises, et comme il ne veut pas le mettre aux arrêts pour le jour de sa fête...

– Des bêtises, moi ? Tu ne me connais pas ! riposta Pierre avec une gravité inénarrable.

Tout le mess éclata de rire.

– Des bêtises ! Est-ce que c'est une bêtise que d'avoir une famille pour chaque saison ! C'est au contraire le moyen de ne jamais vivre seul. Or, le Seigneur a dit à l'homme qu'il n'est pas bon d'être seul !...

– Monte sur la table ! cria-t-on de toutes parts. Allons, en chaire ! nous allons avoir un sermon.

– Non, je ne monterai pas, fit Pierre en secouant la tête ; je n'aurais qu'à mettre les pieds dans le punch.

Le punch arrivait flambant, formidable, dans un énorme bassin d'argent aux armes du régiment. Les petits bois de même métal, marqués aux mêmes armes, qui remplaçaient les verres, se rangèrent autour de la coupe magistrale, en corps d'armée bien ordonné.

Pierre prit la grande cuiller et commença à agiter consciencieusement le liquide enflammé.

– Ta famille d'hiver, cela se comprend, dit un officier ; la famille de chasse, c'est raisonnable aussi ; mais que diable peux-tu faire de ta famille de printemps ?

– Est-ce que cela se demande ? fit Pierre avec un ton de supériorité sans égal.

– Mais encore ? insista un autre.

– Je lui fais la cour ! jeta triomphalement le jeune officier. Il n'y a que des femmes.

Un éclat de rire roula d'un bout à l'autre de la tente et revint sur lui-même comme une balle violemment lancée contre une muraille. Pierre Mourief ne put conserver son sérieux.

– Sur huit verstes carrées de terrain, reprit-il, j'ai dix-neuf cousines. Il y en cinq dans la maison à gauche de la route, en arrivant ; il y en trois dans la maison à droite, deux verstes plus loin ; il y en a sept sur la rivière et quatre au bord du lac. Total, dix-neuf. Et vous me demandez à quoi bon ma famille de printemps !

Il haussa les épaules et se remit à faire flamber le punch.

– À laquelle as-tu fait la cour ? lui demanda un voisin.

– À toutes ! répondit Pierre d'un air vainqueur.

Il réfléchit un moment et reprit :

– Non, je n'ai pas fait la cour à l'aînée, parce qu'elle a trente-sept ans, ni à la plus jeune, parce qu'elle a dix-sept mois et demi... Mais j'ai fait la cour à toutes les autres.

– Oh ! si tu comptes les bébés... dit son voisin d'un air dédaigneux.

– Les bébés ? sachez, monsieur, qu'il n'y a pire coquette qu'une petite fille de douze ans ; et comme elle est censée ignorer les vertus féminines, elle vient vous tirer par votre surtout et vous dit : – Eh bien ! cousin, vous ne me faites plus de compliments ?

– Accordé ! rugit la moitié du mess la plus voisine du punch.

– Mais as-tu réussi près de quelque autre cousine ? reprit l'officier à la croix de Saint-Georges, en se rapprochant.

– Réussi ?... Hum !... fit Pierre.

Après une seconde de réflexion, il éclata de rire en s'écriant :

– Oh ! que oui, j'ai réussi ! j'en ai enlevé une !

– Enlevé ?

– Qu'est-ce que tu en as fait ? cria-t-on.

– Ah ! voilà ! en croisant les bras sur sa poitrine, qu'est-ce que je peux bien en avoir fait ?

Mille suppositions se croisèrent comme des baïonnettes dans l'air saturé d'alcool et d'aromates. Le capitaine Sourof était devenu très sérieux.

– À quelle époque as-tu fait cette belle équipée ? demanda-t-il à Pierre.

– Il y a environ six semaines, répondit celui-ci : c'était pendant mon dernier congé.

– Et tu ne nous en as jamais parlé ? Oh ! le cachottier ! Oh ! le mystérieux ! Oh ! le mauvais camarade ! cirèrent les jeunes fous en frappant dans leurs mains.

– Voulez-vous savoir mon histoire ? demanda Pierre Mourief en reposant sa grande cuiller.

Le punch ne flambait plus que faiblement ; les plantons avaient allumé de nombreux candélabres, il faisait clair comme en plein jour.

– Oui ! oui ! cria-t-on.

Sourof n'avait pas l'air content.

– Pierre, dit-il à demi-voix, pense un peu à ce que tu vas faire.

– Oh ! monsieur le comte, répondit Pierre avec une gravité d'emprunt, soyez tranquille : on n'offensera pas vos chastes oreilles.

Le comte réprima un geste d'humeur.

– Là ! dit Pierre en posant la main sur le bras du jeune capitaine, tu m'arrêteras si tu trouves que je vais trop loin.

– Ah ! le bon billet ! s'écria le voisin d'en face.

– Pas si mauvais ! fit Pierre d'un air narquois. Vous verrez que c'est lui qui me priera de continuer. Attention ! je commence.

Le punch circula autour de la table, on alluma des cigares, des cigarettes turques, des paquitos en paille de maïs, en un mot tout ce qui peut se fumer sous le ciel, et Pierre commença son récit.

Chapitre II

– Je ne vous dirai point dans quelle maison vivait la cousine que j'ai enlevée, ni combien elle avait de sœurs ; cela pourrait vous mettre sur la voie, et je préfère laisser peser le soupçon sur ces dix-neuf Grâces ou Muses, à votre choix. Je vous dirai seulement que ma cousine... Palmyre...

– Palmyre n'est pas un nom russe ! cria une voix.

– Disons Clémentine, alors !

– Clémentine non plus n'est pas russe !

– Raison de plus, riposta Pierre, puisque je ne veux pas vous dire son nom ! Ma cousine Clémentine vient d'avoir dix-sept ans, et c'est la plus mal élevée d'une famille où toutes les demoiselles sont mal élevées. La cause de cette déplorable éducation est assez singulière. Ma tante Eudoxie, – je vous préviens que ce n'est pas son nom, – ma tante eut pour premier enfant une fille admirablement laide. Désolée de voir cette fleur désagréable s'épanouir à son foyer, elle s'appliqua à l'orner de toutes les vertus qui peuvent embellir une femme. Mais ma tante Prascovie...

– Eudoxie ! fit un cornette...

– Virginie ! reprit imperturbablement Mourief. Ma tante Virginie n'a pas la main heureuse. Quand il lui arrive de saler des concombres, elle met généralement trop de sel, et quand ce sont des confitures, parfois elle n'y met pas assez de sucre. Cette fois elle traita sa fille comme les concombres, mais à cette différence près c'est du sucre dont elle mit trop. Bref, pour parler clair, elle éleva si bien sa fille aînée, elle lui inculpa tant de vertus et de perfections, que la chère créature devint intolérable. Sa douceur chrétienne la rendait plus déplaisante que tout le vinaigre d'une conserve... Excusez, mes amis, ces comparaisons culinaires ; mais si vous saviez quel culte on professe pour les conserves chez ma tante Pulchérie !... Enfin ma cousine première était si parfaite, que ma tante, au désespoir, déclara que son second enfant, qui se fit beaucoup attendre, par parenthèse, s'élèverait tout seul. Ainsi en fut-il. Ma tante reçut du ciel une jolie collection de filles qui se sont élevées chacune à sa guise, et je vous réponds que, dans la collection, il y en a d'assez curieuses.

– Peut-on les voir ? fit un officier.

– Non, mon tendre ami.

– Pour de l'argent ! insista un autre.

– Pas même gratis ! répliqua Pierre. Or ma cousine Clémentine est la plus mal élevée de toutes, – jugez un peu ! Je ne vous citerai qu'un détail, il vous donnera une idée du reste : lorsque à table on présente un entremets de son goût, elle fait servir tout le monde avant elle ; puis, au moment où le domestique lui offre le plat, elle passe son doigt rose sur l'extrémité de sa langue de velours et fait le simulacre de décrire un cercle sur le bord du plat avec son doigt mignon. – « À présent, dit-elle, personne ne peut plus en vouloir, et tout est pour moi ! »

– Oh ! fit l'assistance scandalisée.

– Et elle mange tout, car c'est une jolie fourchette, je vous en réponds. Voilà donc la cousine que j'ai enlevée. Vous me demanderez peut-être pourquoi, – quand dans la collection de mes cousines il y en a d'autres certainement moins mal élevées, même parmi ses sœurs, – pourquoi j'ai préféré celle-là. Mais c'est qu'elle a un avantage : elle est jolie comme un cœur.

– Blonde ? dit un curieux.

– Châtain clair, avec des yeux bleus et des cils longs comme ça.

Pierre indiqua son bras jusqu'à la saignée.

– Grande ?

– Toute petite, avec des pieds et des mains imperceptibles, une taille fine, – fine comme un fil ; – et de l'esprit... oh ! de l'esprit !

– Plus que toi ? fit le comte Sourof, redevenu de belle humeur.

– Les femmes ont toujours plus d'esprit que les hommes ! fit sentencieusement Pierre Mourief. Il y a des hommes qui veulent faire croire le contraire, mais...

Il passa deux ou trois fois son index devant son nez avec un geste négatif fort éloquent. Tout le mess battit des mains.

– Or continua le héros, ma cousine adore l'équitation. Et de fait, elle a raison, car à cheval, elle est divine. Elle monte un grand diable de cheval, haut comme le cheval du colonel, mais plus maigre ; un de ces chevaux secs qui ruent, vous savez ? Celui-là ne dément pas les traditions de sa race : il rue à tout propos et sans propos. Il faut voir alors Clémentine, perchée sur cette machine fantastique, s'incliner gracieusement en avant à chaque ruade. Pendant que cette bête de l'Apocalypse fait feu des quatre pieds, ma cousine a l'air aussi à son aise que si elle vous offrait une tasse de thé.

– Eh ! c'est une maîtresse femme, ta cousine ! fit observer un officier.

– Oh ! oui, s'écria Pierre, vous le verrez bien. Or, il y a à peu près six semaines, c'était au commencement de mai, j'étais assis sur un de ces bancs qu'on a dans les jardins, vous savez ? une très longue planche posée à ses deux extrémités de façon à fléchir sous le poids du corps...

– Oui, une balançoire à mouvement vertical.

– Justement. J'étais assis là-dessus, aidant à ma digestion par un exercice mesuré, me balançant légèrement de bas en haut et de haut en bas, comme un bonhomme suspendu à un fil de caoutchouc. Il tombait des chenilles d'un gros arbre qui ombrageait cette balançoire, – je les vois encore, – lorsque j'entendis un grand fracas de portes vitrées.

– Oh ! me dis-je, une vitre cassée !

Je prête l'oreille. Non ! la vitre n'était pas cassée. – Sauvé ! merci mon Dieu, pensai-je en reprenant ma cigarette.

J'avais à peine proféré cette oraison jaculatoire, que j'aperçus un tourbillon blanc qui dégringolait le long du perron. Il faut vous dire que ce perron est composé de neuf marches si hautes, qu'on se cogne les genoux contre le menton quand on les monte. Jugez un peu s'il est facile de les descendre. Le tourbillon blanc arrive sur le gazon, m'aperçoit, s'arrête effaré, reprend sa course et se jette dans mes bras si fort, que je manque de tomber à la renverse de l'autre côté du banc.

– Oh ! mon cousin, je suis bien malheureuse ! me dit Clémentine en pleurant à chaudes larmes.

Je l'avais reçue dans mes bras, je n'osai l'y retenir : les fenêtres de la maison nous regardaient d'un air furibond. Je l'assis sur le banc auprès de moi et je repris ma place. J'avais perdu ma cigarette dans la bagarre.

– Contez-moi vos peines, ma cousine ! lui dis-je.

Elle est toujours jolie ; mais, quand elle pleure, elle a quelque chose de particulièrement attrayant.

– Maman me fera mourir de chagrin ! me dit-elle en se frottant les yeux de toutes ses forces avec son mouchoir, dont elle avait fait un tout petit tampon, gros comme un dé à coudre. Elle ne veut plus que je monte Bayard !

– Votre grand cheval ? fis-je un peu interloqué.

– Oui, mon pauvre Bayard, il m'aime tant ! Il est si doux !

Sur ce point, je n'étais pas de l'avis de Clémentine, mais je gardai un silence prudent.

– Maman lui en veut, je ne sais pourquoi... Pour me contrarier, je crois. Eh bien ! oui, il rue quelquefois ; mais qui est-ce qui est parfait ?

Je m'inclinai devant cette vérité philosophique.

– Hier, il était de mauvaise humeur ; notre juge de paix est venu avec nous à pied jusqu'au bois...

– Je le sais, je vous accompagnais.

– Ah ! oui. Eh bien ! arrivé au fossé de sable, Bayard s'est mis à ruer, et le juge de paix a été couvert de poussière. Ah ! ah ! fit Clémentine déjà consolée, en éclatant de rire ; mon Dieu, qu'il était drôle ! En a-t-il mangé, du sable ! Ça l'empêchera de parler à ses pauvres paysans, qu'il malmène ! Et maman est furieuse ! Elle dit que Bayard est une vilaine bête, et qu'il faut lui faire traîner le tonneau... vous savez, le tonneau pour aller chercher de l'eau de source, là-bas, dans la vallée ?

– Oui, oui, je sais.

– J'espère bien que lorsqu'on l'attellera il se dépêchera de tout casser et qu'il défoncera le tonneau.

– Ah !

– Maman aura beau dire, Bayard n'est pas une vilaine bête. Et puis, s'il a rué hier, ce n'est pas sa faute...

– Ah ! ce n'est pas sa faute ? fis-je en regardant Clémentine à la dérobée.

– Non ! dit-elle bravement c'est moi qui l'ai fait ruer. Ça m'amuse : je le lui ai appris.

– Vous avez trouvé un écolier docile, lui dis-je, ne sachant que répondre.

– Oh ! oui, il était peut-être un peu disposé de naissance, mais il est très obéissant.

– Pour cela !... ajoutai-je.

Clémentine n'y fit pas attention.

– Je le déteste, ce juge de paix, reprit-elle. Savez-vous pourquoi ?

– Non, ma cousine.

– Eh bien, c'est un prétendu ! C'est pour cela que maman est si fâchée.

Un petit frisson de jalousie me mordit le cœur. Jusque-là, je n'avais regardé Clémentine que comme une enfant absurde et charmante ; mais l'ombre de ce juge de paix venait de bouleverser mes idées.

– Un prétendu pour vous ? lui dis-je.

– Pour moi, ou pour Sophie, ou pour Lucrèce, ou pour... (Elle nomma encore quelques sœurs.) C'est un prétendu en général, vous comprenez, mon cousin.

L'idée de ce prétendu « en général » était moins effrayante. Cependant, je ne retrouvai pas ma tranquillité. Clémentine, tout à fait calmée, avait mis en branle notre balançoire élastique, et le bout de son pied mignon, effleurant la terre de temps en temps, nous communiquait une impulsion plus vive. Machinalement, je me mis à l'imiter, et pendant un moment nous nous balançâmes sans mot dire.

– Dites donc, mon cousin, fit tout à coup Clémentine, est-ce qu'on se marie dans les gardes à cheval ?

– Mais oui, ma cousine, on se marie... certainement ! Pas beaucoup, mais enfin...

– Pas beaucoup ? répéta Clémentine en fixant sur moi ses jolis yeux bleus encore humides de larmes.

– C'est-à-dire qu'il y a beaucoup d'officiers qui ne se marient pas, ou qui quittent le régiment lors de leur mariage ; mais il y a aussi des officiers mariés.

Clémentine continuait à se balancer ; moi aussi. Une grosse chenille tomba sur ses cheveux.

– Permettez, ma cousine, lui dis-je ; vous avez une chenille sur la tête.

Elle inclina sa jolie tête vers moi, et je m'efforçai de dégager cette sotte chenille des cheveux frisés et rebelles où elle s'accrochait. Ce n'était pas tâche aisée : la maudite créature rentrait et sortait ses pattes d'une façon si malencontreuse que j'avais grand-peur de tirer ces beaux cheveux châtains. Mes mains, d'ailleurs, étaient fort maladroites. Je réussis pourtant.

– Voilà qui est fait, ma cousine, lui dis-je.

Je me sentais fort rouge. Elle n'avait pas bronché.

– Merci ! dit-elle.

Et nous recommençâmes à nous balancer.

Je ne sais quel lutin se mêlait de nos affaires ; – une seconde chenille tomba, cette fois sur l'épaule de Clémentine. Je la saisis sans crier gare, et j'eus le temps de sentir la peau tiède et souple sous la mousseline de son corsage.

– Il en pleut donc ? dit-elle tranquillement en levant les yeux vers l'arbre.

– Allons-nous-en, lui dis-je, mû par une certaine envie de l'entraîner dans les allées désertes et ombragées du vieux jardin.

– Mais non, dit-elle ; c'est très amusant de se balancer. S'il tombe des chenilles, vous me les ôterez.

– Je ne demande pas mieux, ma cousine, répondis-je.

En même temps je touchai la terre du pied et nous voilà repartis. Hop ! hop !

Au bout d'un moment, Clémentine me dit sans lever les yeux :

– Est-il vrai, mon cousin, que je sois si méchante ?

– Mais non... lui répondis-je. Vous êtes seulement un peu... fantasque.

– Maman me dit que je suis détestable, et que personne ne peut m'aimer.

– Oh ! par exemple ! fis-je avec chaleur.

– Vous m'aimez, vous ? dit-elle ingénument, en plongeant ses yeux droit dans les miens.

– Oui, je vous aime ! m'écriai-je tout éperdu.

Les chenilles, Bayard, le juge de paix et cette balançoire endiablée m'avaient fait perdre la tête.

– Là ! quand je le disais ! fit Clémentine triomphante. Eh bien ! mon cousin, épousez-moi.

Je vous avoue, mes amis, que, quand je repense à cette matinée, je suis absolument honteux de ma sottise...

– Il n'y a pas de quoi, dit tranquillement Sourof.

– Tu trouves, toi ? Eh bien, je ne suis pas de ton avis, mais j'avais perdu la tête, vous dis-je... – Oui, je t'épouserai, chère enfant, m'écriai-je en arrêtant si brusquement le mouvement de notre balançoire, que nus faillîmes tomber tous les deux le nez en avant. Je la retins en passant un bras autour de sa taille ; mais elle se dégagea doucement, posa le pied à terre, et hop ! hop !

– Quand ? me dit-elle.

– Quand tu voudras ! Ô Clémentine, comment n'ai-je pas compris que je t'aimais ?

Je lui en débitai comme ça pendant un quart d'heure. Elle m'écoutait tranquillement et souriait d'un air ravi.

– Nous irons à Pétersbourg, disait-elle.

– Oui, ma chérie, et au camp.

– Au camp ? Ce doit être bien amusant !

Un éclat de rire interrompit l'orateur.

– Est-ce de moi, messieurs, ou d'elle que vous riez ? fit Pierre en se levant.

Il avait arrosé son récit d'un certain nombre de verres de punch, et ses yeux n'annonçaient pas des dispositions trop pacifiques.

– C'est que je n'entends pas qu'on rie ni de l'un ni de l'autre !

continua-t-il.

Sourof le tira par la manche.

– C'est du camp que nous rions ! lui dit-il. Continue !

– Bon ! fit Mourief. C'est que ce n'est pas risible au moins !

– Non, non, va toujours !

– Eh bien ! messieurs nous voilà fiancés. Seulement, me dit Clémentine, n'en parle pas à maman : tu sais quel est son esprit de contradiction ; – nous en parlerons quand il sera temps… Fort bien ; mais j'avais oublié que mon congé allait finir et que je partais le surlendemain.

Chapitre III

– Vous me croirez si vous voulez, mes chers amis, continua Pierre après avoir fait circuler le punch autour de la table : la perspective de ce mariage ne m'effrayait pas du tout.

– Parbleu ! une si jolie femme ! fit-on de loin.

– Jolie, oui, mais pas commode… une peu dans le genre de son cheval, qui ruait d'une façon si obéissante ! Mais dans ce moment-là je n'y pensais pas. D'ailleurs, c'était l'heure du dîner. Clémentine s'envola, je la suivis. Elle grimpait bien mieux que moi cet espèce d'escalier en casse-cou dont je vous ai parlé, et je ne la retrouvai qu'à table, tirant les oreilles à sa plus jeune sœur, qui poussait des cris de paon. Ma tante eut beaucoup de peine à rétablir un semblant de calme dans cet intérieur agité par le vent d'une tempête perpétuelle, – au moral, s'entend. Le silence se fit devant les assiettes pleines de soupe trop grasse, que le cuisinier de ce château fait à la perfection. Ma bonne tante, qui est maigre comme un clou, se délectait.

– Oh ! la bonne soupe ! disait-elle de temps en temps.

Ma fiancée, d'un air innocent, dégraissait la sienne par petites cuillerées dans l'assiette de son voisin, le prêtre de la paroisse, invité, ce jour-là à l'occasion de je ne sais quelle fête. Le brave homme ne s'en apercevait pas, absorbé qu'il était dans l'explication épineuse d'un litige clérical. Nous étouffions tous nos rires. Enfin ma tante s'aperçut du manège de sa fille.

– Oh ! fi ! l'horreur ! s'écria-t-elle.

– J'ai fini, maman ! répondit ma fiancée en se hâtant d'avaler son potage.

Elle posa sa cuiller sur son assiette et promena sur l'assemblée un regard satisfait.

Cette conduite aurait dû me donner à réfléchir. Et bien ! non. Je trouvai Clémentine adorable. Elle ne prenait peut-être pas tout à fait assez au sérieux le changement qui s'était fait dans son existence, mais elle était si bien comme cela !

Après dîner, on joua aux *gorelki*. Chacun prit sa chacune, et les couples s'alignèrent. Vous connaissez ce jeu : celui qui n'a pas trouvé de partenaire est chargé de donner le signal et de courir après les autres. Je cherchais Clémentine pour lui donner la main, lorsqu'elle apparut tenant par le collier un énorme chien de Terre-Neuve qu'elle adore, et qui s'appelle Pluton.

– Qu'est-ce que vous voulez faire de cette bête ? lui dis-je.

– C'est mon cavalier ! répondit-elle en se rangeant avec son chien dans la file des couples.

Pluton s'assit sur sa queue et tira la langue.

– Eh bien, et moi ?

– Vous ? fit-elle en me riant au nez. C'est vous qui « brûlerez » !

De fait, j'étais le dernier, et il n'y avait plus de dames. À la grande joie des gens sérieux restés sur le balcon, je pris la tête de la file et je donnai le signal en frappant des mains. Le premier couple situé derrière moi se sépara, et, passant de chaque côté de ma personne, essaya de se rejoindre en avant. Je feignis de vouloir saisir la jeune fille, mais sans beaucoup d'enthousiasme, et le couple haletant, réuni de nouveau, retourna à la queue pour attendre son tour. Je fis de même avec plusieurs autres : c'était Clémentine qu'il me fallait, et j'étais curieux de voir ce qu'elle ferait de son chien quand je l'aurais attrapée.

Un coup d'œil furtif m'avertit que c'était à elle de courir. Je frappai dans mes mains : Une deux, trois ! Une boule noire passa à ma droite, un nuage blanc à ma gauche. Je me dirigeai vers le nuage blanc, mais au moment où j'allais l'atteindre...

– Pille, Pluton ! cria ma fiancée.

Pluton s'accrocha désespérément aux pans de mon surtout

d'uniforme.

Je me mis à tournoyer, pensant faire lâcher prise à mon adversaire ; mais celui-ci avait coutume de n'obéir qu'à un mot magique dont je n'avais pas le plus léger souvenir. Moitié riant, moitié fâché, je cessai de tournoyer, et je regardai l'assistance. Ils riaient tous à se pâmer.

Les jeunes officiers qui écoutaient ce récit ne se faisaient pas non plus faute de rire. Pierre, très sérieux, reprit son discours après un court silence.

– Clémentine s'était laissée tomber par terre et riait plus que tous les autres ensemble. Entre deux crises, ma tante, qui n'en pouvait plus, lui criait : Fais donc lâcher pluton !

– Je ne peux pas !... répondait ma fiancée en riant de plus belle.

– Eh bien ! lui dis-je, ne vous gênez pas ! Quand vous aurez fini...

Et je tentai de m'asseoir aussi sur le gazon ; mais Pluton grommelant me tira si énergiquement, que je fus obligé de rester debout. Enfin Clémentine reprit son sérieux et dit à son chien :

– C'est bon, Pluton !

L'animal, docile, desserra les dents et vint se coucher près d'elle. C'est comme ça qu'elle élevait les bêtes.

Les officiers applaudirent vivement à la péroraison de leur camarade. – Après ? après ? cria-t-on de toutes parts.

Pierre promena sur l'assemblée un regard triomphant et reprit :

– Il n'y eut pas moyen de parler avec elle ce soir-là. D'ailleurs, je lui gardais un peu rancune du procédé de son chien. J'allai donc me coucher en me promettant de lui faire entendre raison quand elle serait ma femme.

Le lendemain matin, il n'était pas encore sept heures, j'entendis une pluie de sable, mêlé de fin gravier, tomber contre mes vitres. Je sautai à la fenêtre, je l'ouvris et j'entendis un éclat de rire s'enfuir au loin sous les grandes allées du vieux jardin. Je fus vite habillé et vite arrivé au fond de ce mystérieux fouillis de verdure... Rien !

Je cherchai dans tous les bosquets, dans toutes les retraites... Rien !

Et de temps en temps un rire argentin me défiait à travers les charmilles.

Enfin, comme je commençais à avoir envie de retourner à la

maison prendre mon café, – car j'étais à jeun, – je vis, entre deux alisiers, le visage mutin de ma fiancée. Je bondis vers elle, et, non sans me piquer un peu les doigts, je la saisis par la taille.

Ah ! mes amis !... je n'avais pas eu le temps de sentir palpiter son cœur sous ma main, que je reçus... j'en rougirai jusqu'à mon dernier jour... je reçus un maître soufflet !

Pierre, penaud, regarda son auditoire, qui manquait absolument de gravité. Le comte Sourof souriait d'un air content.

– Ah ! ça vous amuse ! reprit le héros de la fête. Eh bien ! moi, ça ne m'amusa pas. Ce n'est pas gentil, lui dis-je ; est-ce qu'un fiancé n'a pas le droit d'attraper sa fiancée quand elle lui fait des niches ?

– Non ! me répondit-elle toute rouge de colère ; et, si tu recommences, je le dirai à maman.

– Mais, ma chère, quand nous serons mariés...

– Eh bien ! fit-elle avec un aplomb qui me renversa, ce n'est pas une raison pour être grossier, quand on est marié ! Jeu de main, jeu de vilain !

Elle me tira la langue, messieurs ; elle me tira positivement la langue et me tourna le dos. Je ne tentai pas de la suivre.

J'étais assis depuis cinq minutes dans la salle à manger, devant ma tasse de café à la crème, bien parfumé, et je savourais avec délices les petits pains au beurre tout chauds qu'on ne fait nulle part aussi bien que chez ma tante... lorsque je vis entrer Clémentine. Nous étions les premiers à cette heure matinale.

Fort grave, encore un peu rouge de sa récente colère, elle s'assit à côté de moi, se fit donner une tasse de café et tira à elle le sucrier. La vieille gouvernante à tête de brebis, qui a vainement essayé d'éduquer toute cette bande indisciplinée, poussa un soupir, n'essaya pas de protester et regarda ailleurs. Les doigts de Clémentine fouillaient dans le sucrier d'argent avec de petits tintements très joyeux ; – elle avait mis soigneusement les pinces de côté. Délibérément, elle jeta un morceau de sucre dans sa tasse, puis, du même air tranquille, un autre morceau dans la mienne.

– Mais, cousine, lui dis-je, mon café est sucré.

– Ça ne fait rien, répondit-elle sans se troubler ; et deux autres morceaux de sucre tombèrent dans mon pauvre café. Elle remplit sa propre tasse jusqu'à la faire déborder, puis tendit le sucrier vide à la gouvernante. Je commençais à deviner son projet.

– Il n'y en a plus ! dit-elle. Allez en chercher, je vous prie.

La pauvre gouvernante poussa un autre soupir – c'était le fond de sa conversation – et sortit avec les clefs.

– Pierre, dit Clémentine, pardonnez-moi !

Je la regardai : elle avait vraiment l'air sérieux.

– Je ne vous en veux pas, lui répondis-je, à condition que vous ne recommencerez pas.

– Ni vous non plus, fit-elle vivement. Marché fait !

Messieurs, qu'auriez-vous dit à ma place ?

– Marché fait ! répondis-je.

Elle frappa joyeusement des mains.

– Ah ! la bonne vie que nous allons mener ! dit-elle. Quel dommage que vous partiez demain !... Mais vous reviendrez bientôt ?

– Certainement ! fis-je avec conviction.

La journée se passa très agréablement. Mes mains avaient de temps en temps des velléités soigneusement réprimées de rôder autour de ma cousine ; mais, à cela près, tout alla fort bien. Ma tante ne gronda sa fille que deux ou trois fois ; ses autres filles, d'ailleurs, ne lui laissèrent pas beaucoup le loisir de s'occuper d'elle. Malgré cela, je ne pus échanger une parole en particulier avec Clémentine, qui s'arrangeait toujours pour avoir quelqu'un en tiers dans nos rencontres.

Chapitre IV

Le lendemain était le jour de mon départ. Dès le matin, après avoir commandé mes chevaux pour huit heures du soir, je descendis au jardin pour essayer de causer avec ma fiancée, et j'allai me poster sur cette fameuse balançoire témoin de nos serments.

Je me demandais depuis un quart d'heure, par désœuvrement, lorsqu'elle descendit le terrible perron et vint s'asseoir auprès de moi.

La circonstance était solennelle ; néanmoins, ma jeune fiancée toucha la terre du pied comme Antée, et hop ! nous voilà en l'air.

Chapitre IV

– Je pars ce soir, lui dis-je en sautillant en mesure sur la planche.

– En effet, répondit-elle sans trop de mélancolie ; et quand reviendras-tu ?

– C'est à toi de me le dire, répliquai-je. Tu m'as défendu de parler à ta mère.

– Oui, fit Clémentine d'un air pensif, sans cesser toutefois de nous balancer ; elle ferait de beaux cris si elle savait que je suis fiancée. Il faut attendre que Liouba soit mariée.

Je ne pus retenir une exclamation désolée. Liouba était la fille aînée dont les perfections sans nombre avaient poussé ma pauvre tante à la résolution désespérée de laisser ses enfants s'élever eux-mêmes.

– Liouba ! Seigneur Dieu ! Autant vaut parler des calendes grecques.

– Tu crois ? fit Clémentine d'un air soucieux. Eh bien ! Lucrèce, au moins...

Lucrèce avait vingt-trois ans, et son œil gauche regardais son nez depuis le jour de sa naissance.

– Ce n'est pas beaucoup plus consolant, dis-je en secouant la tête.

– Eh bien ! quand tu voudras ! fit ma fiancée avec une résignation sereine. Tout de suite si tu veux !

Je réfléchis et je me dis qu'avant de faire une démarche aussi importante il fallait bien consulter un peu mes parents.

– Non, pas tout de suite, lui répondis-je : on ne traite pas ces choses-là au pied levé. Tu m'écriras, – à la caserne des gardes à cheval, tu sais ?

– Oui, c'est entendu !

– Et tu vas me laisser partir comme ça, sans un pauvre petit baiser ?

Elle me regarda de travers.

– Tu m'embrasseras, dit-elle, quand nous aurons baisé les saintes images.

Cette allusion à la cérémonie de nos fiançailles ne me causa pas toute la joie que j'étais en droit d'en attendre. Néanmoins, je ne fis point la grimace, et je proférai quelques paroles appropriées à la circonstance. Clémentine m'écoutait en se balançant, et ce balancement, auquel je participais sans le vouloir, retirait, je dois l'avouer, un peu de chaleur à mes protestations. Cependant, grâce aux jolis yeux et aux joues roses de ma cousine, je sentais renaître mon éloquence, lorsque Clémentine bondit à terre, me laissant sur la balançoire, fort interloqué, je l'avoue. Je faillis tomber de la secousse, et, pendant que je reprenais pied, elle était déjà loin.

J'entendis, deux minutes après, les gammes chromatiques les plus lamentables rouler d'un bout à l'autre du piano sous les doigts de fer de ma fantasque cousine, et je renonçai à l'espoir d'une conversation plus sérieuse.

Je me trompais cependant : le ciel me réservait une surprise. Une heure avant le dîner, la maison jouissait de la plus douce tranquillité, à ce point que deux ou trois fois la gouvernante inquiète s'était dérangée pour s'assurer qu'il n'était arrivé aucun malheur : je fumais ma cigarette sous la marquise, quand j'entendis des cris aigus retentir à l'étage supérieur.

La gouvernante disparut. La voix de ma tante se fit entendre, dominant le tumulte par un formidable : – C'est trop fort, à la fin, mademoiselle !

Prévoyant une explication de famille, et naturellement doué d'une répugnance instinctive pour ces sortes de choses, je m'éloignai discrètement et je m'enfonçai dans les charmilles du vieux jardin.

J'avais fait deux ou trois fois le tour du labyrinthe et je n'avais rencontré que des colimaçons, lorsque j'entendis des pas précipités, des froissements de verdure, et mon nom crié à demi-voix par ma fiancée en personne.

Je m'arrêtai, je criai : – Ici... Et, une minute après, Clémentine, palpitante, se jeta dans mes bras, comme l'avant-veille. Mais, craignant un second soufflet, je m'abstins de la serrer sur mon cœur.

– Emmène-moi ! dit-elle en fondant en larmes.

Je tirai mon mouchoir de poche, – elle avait perdu le sien, – et j'essuyai ses yeux. Peine inutile ! elle avait là deux robinets de fontaine. Quand le mouchoir fut tout à fait mouillé, elle l'étendit sur un buisson pour le faire sécher, et ses larmes s'arrêtèrent d'elles-mêmes.

Nous avions gagné un petit kiosque moisi, qui formait le centre du labyrinthe. C'était une espèce de couvercle porté sur huit colonnes depuis longtemps dévorées par la mousse. Le plâtre tombé par morceaux laissait voir la brique de cette laide architecture. Une peuplade nombreuse de grenouilles, choquées par notre intrusion dans leur paisible domaine, sautillait çà et là d'un air menaçant.

Clémentine, qui n'aimait pas les grenouilles, s'assit à la turque sur un des bancs de pierre placés entre les colonnes et ramassa soigneusement ses jupes autour d'elle. Elle avait l'air d'une petite idole hindoue bien gentille, – sans multiplication de bras ni de têtes.

– Qu'est-ce qu'il y a ? lui dis-je enfin.

– Il y a que ma mère me fera mourir de chagrin ! répondit ma cousine en pleurant à nouveau.

– Je n'ai plus de mouchoir, lui fis-je observer avec douceur.

Elle essuya ses yeux dans un pli de sa robe et reprit son calme.

– Je suis la plus malheureuse des filles, dit-elle en se croisant les bras.

Comment faisait-elle pour garder l'équilibre, c'est ce que je me demande encore.

– Ma mère a juré de me faire mourir de désespoir !

– Qu'est-ce qu'elle t'a fait, ma pauvre chérie ? lui dis-je en m'asseyant tout près d'elle.

Elle rangea un peu les plis de sa jupe, se recroisa les bras et continua.

– C'est un système. Avant-hier, c'était Bayard ; aujourd'hui, c'est Pluton ; demain, ce sera toi, probablement ! Tous ceux que j'aime, s'écria Clémentine en levant ses yeux indignés vers le petit couvercle en briques moisies qui nous abritait.

L'association entre Pluton, Bayard et moi ne me flattait que médiocrement ; mais la fin de la phrase était un heureux correctif. Je témoignai une sorte de reconnaissance par un tendre regard, et Clémentine reprit en hochant la tête avec véhémence :

– Oui, ce matin, ils n'ont pas eu honte d'atteler Bayard au tonneau ! Mon noble Bayard à ce méprisable tonneau ! Aussi je lui ai fait : Kt ! kt ! et il a tout défoncé. Je te l'avais bien dit !

Je ne pus garder mon sérieux à l'idée de ce spectacle, dont j'avais été privé grâce à la fâcheuse nécessité de ranger ma valise. Clémentine, gagnée par mon hilarité, montra ses petites dents blanches dans un éclat de rire muet, puis reprenant sa gravité et son discours :

– J'avais besoin de me venger, dit-elle. Le cocher avait dit qu'on ferait un autre brancard beaucoup plus long et qu'alors Bayard aurait beau ruer, une fois attelé il ne pourrait plus rien casser... Il n'est pas bête, le cocher ! fit-elle en se tournant brusquement vers moi.

– Non, il n'est pas bête ! répétai-je d'un air convaincu.

J'étais décidé à dire comme elle.

– Mais il est méchant, reprit ma fiancée, puisqu'il a trouvé moyen de réduire mon brave Bayard au vil métier de porteur d'eau ! Je voulais donc me venger... Tu sais que je couche dans la chambre de ma sœur Lucrèce ?

– Non, je ne le savais pas.

– Eh bien ! c'est la vérité. Or, elle déteste les chiens en général, et mon chien Pluton en particulier. Alors, pendant qu'elle faisait la sieste sur son lit, j'ai été chercher Pluton, je lui ai mis des chiffons autour des pattes, – il s'est laissé faire : il est si bon ! c'est un agneau !...

J'avais bien des raisons pour ne pas adorer cet agneau-là, mais je les gardai pour moi.

– Alors, continua-t-elle, vois-tu d'ici Pluton avec des bottes fourrées, montant l'escalier ? Je le tenais par le collier et je lui disais à l'oreille : Tout beau ! Il marchait bien doucement, et nous sommes entrés dans la chambre. Je lui ai montré mon lit. Il a tant d'esprit, il a compris tout de suite, et il a sauté dessus. Ma sœur a un peu remué, mais elle ne s'est pas réveillée. C'est ce que je voulais. J'ai tourné la tête de Pluton du côté de la chambre : – ça, par exemple, ça n'a pas été facile ; – je l'ai couché sur l'oreiller, je lui ai passé une camisole, je lui ai jeté un châle sur le corps, et après avoir démailloté ses belles grosses pattes noires, je les ai allongées sur le matelas. Jamais tu n'as vu douceur pareille. Ah ! si les gens valaient mon chien, le monde irait bien mieux !

J'acquiesçai d'un signe. Elle continua.

– J'ai donné mes ordres à Pluton et je suis allée m'asseoir près de la fenêtre avec mon ouvrage. Comme Lucrèce ne se réveillait pas, j'ai toussé un peu... Elle ouvre les yeux, se retourne, et tout près d'elle, couché sur mon lit, à ma place, elle voit la figure noire de Pluton qui la regardait en tirant la langue. Il avait chaud, tu comprends, sous ce châle... Si tu savais comme elle a crié !

Je riais de si bon cœur, que Clémentine devint toute triste.

– Oui, oui, dit-elle, c'est très drôle, mais elle a appelé maman, qui est venue ; on a voulu battre mon Pluton ! Il s'est levé, il a déchiré ma camisole, il a grogné, montré les dents, et maman a décidé qu'on l'enverra à la métairie que nous avons à cinquante verstes d'ici... L'exil ! pauvre Pluton !... Et moi, que vais-je devenir ? On rosse Bayard, on exile mon chien, et tu t'en vas !

Elle recommença de pleurer, et cette fois je ne lui offris pas de mouchoir : j'étais ému de sa douleur sincère, bien qu'il fût difficile de reconnaître la part qui m'en revenait entre son cheval et son chien.

Elle sauta à bas de son banc, tenant toujours sa robe un peu relevée, de crainte des grenouilles. Ses jolis petits pieds, chaussés d'étroites bottines mordorées, brillaient comme du bronze sur le vieux pavé.

– Emmène-moi ! dit-elle. Je ne veux pas rester ici !

– Mais, ma chérie !... lui dis-je.

– Emmène-moi ! dit-elle en frappant de son petit pied doré.

– Je ne puis pas ainsi...

– Enlève-moi ! on enlève les jeunes filles dans les romans, et on les épouse. Tu m'amèneras à tes parents ; ils me connaissent bien ! Ton père m'aime beaucoup. Enlève-moi !

– Mais, ma mignonne...

– Tu ne veux pas ? C'est donc que tu ne m'aimes pas ! Oh ! le monstre, qui a menti ! Eh bien ! moi, je ne rentrerai pas dans cette méchante maison où l'on crie toute la journée, où l'on se dispute, où l'on ne m'aime pas... je m'en irai !

– Où ? lui dis-je.

Sa colère m'amusait et me touchait à la fois.

Elle me parut tout à coup grandir d'une coudée ; ses yeux lancèrent un éclair, un vrai regard de femme, non d'enfant.

– Là ! dit-elle en allongeant le bras vers la rivière qui brillait au soleil, à quelque pas de nous.

Elle avait dit ce met si sérieusement, que je frissonnai.

– Non, ma chérie ! lui dis-je en lui caressant la main bien timidement : non, je ne veux pas.

– Emmène moi, alors ! fit-elle en se tournant vers moi, toute pâle, les yeux gros de larmes.

Ses lèvres avaient l'expression d'un enfant boudeur qui veut qu'on le caresse et qu'on se réconcilie avec lui.

– Eh bien ! oui ! lui dis-je, à moitié fou...

Cette expression caressante, ces yeux pleins de prière m'avaient ensorcelé.

– Merci ! fit-elle en sautant de joie. Ce soir ?

– Oui, ce soir à huit heures.

– Je t'attendrai au bout du jardin. Pars comme à l'ordinaire, et au bout du jardin fais arrêter ton tarantass. Je te rejoindrai.

Nous n'étions pas loin de Pétersbourg : quelques heures de poste nous en séparaient. Je me dis que je la mènerais chez ma mère, aussitôt arrivé... Le sort en était jeté, j'épouserais Clémentine.

Elle me serra joyeusement les mains, puis s'arrêta, prêtant l'oreille : la cloche sonnait le dîner. Elle m'envoya un baiser du bout de ses doigts mignons et disparut, toujours relevant sa robe de peur des grenouilles.

Je fis une sotte figure pendant le dîner. Je n'osais affronter les regards de ma tante, qui me comblait d'attentions et de bons morceaux. Elle eut la bonté prévoyante de faire mettre un poulet rôti dans mon tarantass. L'idée de ce poulet que je mangerais clandestinement avec sa fille m'inspirait des remords au point d'arrêter les bouchées dans ma gorge, ce que voyant, ma tante fit joindre au poulet un gros morceau de tarte pour souper.

Le regard de ma fiancée suivit joyeusement la tarte, et, audace indigne ! elle me cligna de l'œil ! Cette jeune fille n'avait pas idée de mes tourments !... Enfin vint le soir, et l'heure du départ. Mon tarantass, attelé de trois chevaux de poste, arriva tout sonnant et grelottant devant le perron. Ma tante me bénit ; toutes mes cousines me souhaitèrent un bon voyage, je grimpai dans mon équipage, dont, à la surprise générale, je fis lever la capote, malgré la beauté de la soirée ; je m'assis, et, – fouette cocher ! – je laissai derrière moi la demeure hospitalière envers laquelle je me montrais si ingrat.

Chapitre V

Pierre Mourief s'interrompit et promena son regard sur le mess. Deux ou trois officiers vaincus par le nombre des flacons vidés, sommeillaient placidement ; le reste de l'assemblée attendait avec curiosité la fin de son récit.

Le comte Sourof, devenu fort grave, regardait Pierre dans le blanc des yeux.

– Je vous ennuie ? fit celui-ci d'un air innocent.

– Non, non, continue, dit Sourof de sa voix calme.

– Ah ! je t'y prends. Vous êtes témoins, messieurs et amis, que c'est Sourof qui m'a dit de continuer ; je l'avais prédit ! Vous en prenez note ?

– Oui ! oui ! lui répondit-on de tous côtés.

Le jeune comte sourit.

– Eh bien ! je te le dis une fois de plus, continue ! dit-il de bonne grâce.

Pierre lui fit le salut militaire et reprit son récit après avoir mis sa chaise à l'envers pour s'asseoir à califourchon.

– Je tournai le coin du jardin, suivant qu'il m'avait été ordonné, et je fis arrêter mon équipage. Personne ! Un instant je crus que cette proposition d'enlèvement n'avait été qu'une aimable mystification de ma charmante cousine, et je ne saurais dire qu'à cette idée mon cœur éprouvât une douleur bien vive ; mais je faisais injure à Clémentine. Je la vis accourir dans l'allée, un petit paquet à la main : elle ouvrit la porte palissadée qui donnait sur la route, et, d'un saut, bondit dans la calèche. Je sautai après elle.

– Touche ! dis-je à mon postillon, Finnois flegmatique qui s'était endormi sur son siège pendant cette pause.

Quand vous aurez une femme à enlever, mes amis, je vous recommande de prendre un cocher finnois ; ces gens-là dorment toujours, ne tournent pas seulement la tête et ne se rappellent jamais rien. Au fait, vous savez cela aussi bien que moi, et ma recommandation était inutile.

Mon postillon se secoua, secoua aussi les rênes sur le dos de ses bêtes, fit entendre un sifflement mélancolique, et nous voilà partis.

Dès que je fus remis « d'une alarme si chaude », je me tournai vers ma fiancée. Elle me mit dans les mains son petit paquet.

– Tiens, dit-elle, pose ça quelque part.

– Qu'est-ce que c'est ? lui demandai-je en palpant des objets ronds ; l'enveloppe était un fin mouchoir de batiste noué aux quatre coins.

– Ce sont des provisions de bouche pour la route, me répondit-elle.

Je dénouai le mouchoir, curieux de savoir ce que Clémentine appelait des provisions de bouche. Je trouvai une longue tranche de pain noir, coupée en deux et repliée sur elle-même, avec du sel gris au milieu, – et deux oranges.

La situation était si grave, que cette découverte me laissa sérieux.

– J'ai volé les oranges à la femme de charge, dit-elle, et le pain noir à la cuisine. Je voulais prendre aussi des confitures, mais je n'ai pas trouvé dans quoi les mettre.

– Ça n'aurait pas été bien commode, lui fis-je observer, et puis nous n'avons pas de pain blanc.

– Oh ! fit Clémentine, les confitures, ça se mange sans pain !

Il n'y avait rien à répondre. Aussi je gardai le silence.

Nous roulions, – pas très vite ; les chevaux qui nous traînaient avaient évidemment couru au moins une poste le jour même. Singulier enlèvement ! Une jeune fille qui emporte pour tout bagage un mouchoir de batiste, – et des chevaux qui ne peuvent pas courir !

– Va donc plus vite ! dis-je en tapant dans le dos de mon Finnois pour le réveiller.

– Ça ne se peut pas, Votre Honneur ! répondit-il d'un air ensommeillé, en se tournant à demi vers nous. Le cheval de gauche a perdu un fer, et la jument de brancard boite depuis deux ans. Mauvais chevaux, Votre Honneur, il n'y a rien à faire !

Puisqu'il n'y avait rien à faire, je me rassis, dépité. Clémentine riait :

– C'est très amusant ! disait-elle. Comme c'est amusant !

Chapitre V

Notez qu'il faisait encore très clair, et que nous croisions à tout moment des paysans qui revenaient du travail. Ils ôtaient leur chapeau et restaient bouche béante à nous regarder sur le bord de la route. Clémentine leur faisait de petits signes de tête fort bienveillants.

– Mais, ma chère, lui dis-je, tu veux donc qu'on coure après nous ?

– Oh ! il n'y a pas de danger ! fit-elle en secouant la tête. Pourquoi veux-tu que ces gens aillent raconter chez nous que je me promène avec toi sur la route ! Et puis, quand ils le diraient, on croirait que c'est une de mes folies.

C'était vrai pourtant ! mon excellente tante était si loin de me soupçonner, que, lui eût-on dit que je fuyais avec sa fille sur la route de Pétersbourg, elle n'eût pas daigné y attacher d'importance.

Cette pensée m'avait amoindri à mes propres yeux. Nous traversions une forêt peu éloignée de la maison de ma tante ; il n'y avait plus de paysans sur la route, le soleil était couché, les rossignols chantaient à plein gosier dans le taillis, mon Finnois dormait comme un loir ; – je me sentis plein d'audace, et je résolus de profiter des avantages que me donnait ma situation.

– Cher ange !... dis-je à Clémentine en me rapprochant, non sans une infinité de précautions.

Clémentine fouillait dans sa poche avec une inquiétude évidente.

– Qu'y a-t-il ? lui demandai-je en interrompant mon bel exorde.

– J'ai oublié mon porte-monnaie ! fit-elle avec désespoir.

– C'est un détail. Combien y avait-il dans ton porte-monnaie ?

– Soixante-quinze kopecks, répondit-elle en tournant vers moi ses grands yeux pleins de trouble.

– Ce n'est pas une fortune ; ma mère te donnera un autre porte-monnaie, lui dis-je par manière de consolation.

– C'est ma tante Mourief qui va être étonnée ! s'écria Clémentine en frappant des mains. Quelle surprise ! J'adore les surprises.

Ma mère aussi adorait les surprises, mais je n'étais pas sûr que celle que nous lui préparions fût de son goût.

Pour chasser ce doute importun, je me rapprochai encore un peu de ma jolie fiancée, et je glissai tout doucement un bras derrière elle. Comme elle se tenait droite, elle ne s'en aperçut pas. J'en profitai pour m'emparer de sa main gauche : elle me laissa faire, parce que je regardais attentivement ses bagues.

– Ma chère petite femme, lui dis-je, comme nous serons heureux !

– Oh ! oui, répondit-elle ; tu feras venir Bayard et Pluton, n'est-ce pas ? Maman ne te les refusera pas.

Certes non, ma tante ne les refuserait pas, et c'est précisément ce qui me chagrinait, car ces deux animaux trop bien dressés m'opposeraient sans aucun doute une rivalité redoutable dans le cœur de ma fiancée. Enfin, je passai outre.

– Nous vivrons toujours ensemble, nous ne nous quitterons plus... Est-ce que tu m'aimes, Clémentine ?

– Mais oui, fit-elle avec une sorte de pitié. Voilà déjà deux fois que tu me le demandes. Combien de fois faudra-t-il te le dire ?

Évidemment, ma cousine et moi, nous n'avions de commun, en ce moment, que les coussins de notre équipage ; nous vivions dans deux mondes complètement étrangers l'un à l'autre.

Je me hasardai à brûler mes vaisseaux. J'enlaçai Clémentine de mon bras droit, je l'attirai à moi et j'appliqué un baiser bien senti sur ses cheveux... Mais, au moment où mes lèvres touchaient son visage, sa main droite, restée libre malheureusement, s'aplatissait sur le mien avec un bruit si retentissant, que le Finnois, réveillé en sursaut, se hâta de faire claquer ses rênes sur les dos de son attelage.

– Clémentine ! fis-je irrité, c'est le second !

– Et ce sera comme ça toutes les fois que tu seras impertinent ! me répondit-elle avec la vaillantise d'un jeune coq déjà expert dans les combats.

– Mais, que diable ! fis-je, fort mécontent, ce n'est pas pour autre chose qu'on se marie ! Quand on ne veut pas se laisser embrasser, on ne se fait pas enlever !

Clémentine devint ponceau, – honte ou colère, je n'en sais rien. J'étais extraordinairement monté, et je la regardais d'un air furieux.

– Ah ! on ne se fait pas enlever ! Ah ! c'est pour m'embrasser que tu m'enlèves ! Eh bien ! attends ! ce ne sera pas long !

Elle avait détaché le tablier du tarantass et se préparait à sauter à terre, au risque de se casser quelque chose : je la retins, non sans peine, et mes mains, nouées autour de sa taille, – non par tendresse, je vous le jure, mais pour la protéger, – reçurent plus d'une égratignure dans la bagarre. Elle se défendait comme un lionceau en bas âge, mais avec une vigueur surprenante.

À la fin, vaincue, elle se laissa tomber sur le coussin.

– Je n'ai que ce que je mérite ! fit-elle d'un air sombre. Mais c'est une indignité ! Un galant homme ne se conduit pas ainsi !

J'avais tiré mon mouchoir et j'étanchais les gouttelettes de sang qui venaient à la surface de mes égratignures.

Je lui montrai la batiste marbrée de petites taches roses.

– Est-ce que tu crois, dis-je qu'une demoiselle bien élevée se conduit ainsi ?

– C'est bien fait ! répliqua-t-elle, et je recommencerai tous les jours !

– Tous les jours ?

– Toutes les fois que tu seras grossier !

– Alors, ma chère, lui dis-je, ce n'est pas la peine de nous marier ! Nous pouvons nous quereller sans cela.

– Bien entendu ! Adieu, je m'en vais. Bon voyage !

Elle allait sauter... Je la calmai d'un mot.

– Retourne à la maison, j'ai oublié quelque chose, dis-je à mon Finnois, que tout ce tapage n'avait réveillé qu'à demi.

Il grogna bien un peu, mais la promesse d'un rouble de pourboire donna des ailes à la jument boiteuse, et nous roulâmes bientôt vers la maison de ma tante, tous deux fort bourrus, et chacun dans notre coin.

L'angle du jardin apparut bientôt. J'allais déposer Clémentine où je l'avais prise, elle fit un geste négatif.

– Eh bien ! dit-elle, que penserait-on de moi ? Il faut que tu me ramènes au perron.

– Mais on me demandera des explications !

– Dis ce que tu voudras : la vérité, si tu veux !

Elle se rencogna, maussade. Chose très singulière ! nous n'étions plus fiancés, et nous n'avions pas cessé de nous tutoyer. À vrai dire, c'était une habitude de nos jeunes années, que nous avions eu beaucoup de peine à perdre : on n'est pas cousins pour rien.

Le tarantass s'arrêta devant le perron, à l'ébahissement général de toute la maisonnée, accourue au bruit des roues. Ma tante dominait toute la famille de sa haute stature, exhaussée de sa maigreur phénoménale.

– Mon Dieu, Pierre, qu'est-ce qu'il y a ? s'écria la digne femme bouleversée.

– Ma cousine m'avait fait un bout de conduite, je vous la ramène.

Clémentine descendit prestement et s'enfuit dans sa chambre pour éviter les reproches de sa mère sur son manque de convenance.

– Elle t'a dérangé de ta route, Pierre, me dit mon excellente tante ; pardonne-lui, c'est une enfant mal élevée.

– Je n'ai rien à lui pardonner, ma tante, répondis-je de mon mieux : mais il est bien vrai que c'est une enfant.

Je repartis aussitôt, plus léger qu'une plume, je m'endormis et n'ouvris plus les yeux jusqu'à Pétersbourg. Vous me demandiez ce que j'avais fait de ma cousine après l'avoir enlevée ? Voilà ce que j'en ai fait, et si Platon y trouve à redire, je suis prêt à accepter ses reproches.

Platon était le comte Sourof, qu'on plaisantait souvent de ce prénom, si bien d'accord avec sa sagesse et sa philosophie souriante.

– Platon n'y voit rien à redire, répliqua celui-ci, mais ton histoire est excellente, et tu nous as bien amusés. Je te vote une plume d'honneur.

– Assez bavardé ! Des cartes ! cria un de ceux qui avaient dormi.

On apporta des cartes et des rafraîchissements. Le reste de la soirée s'écoula comme toutes les soirées de ce genre.

Chapitre VI

Le lendemain était un dimanche, Pierre goûtait encore les douceurs d'un lit peu moelleux, quand le comte Platon entra dans sa cabane et vint s'asseoir auprès de son oreiller.

Le jeune officier bâilla deux ou trois fois, s'étira de toutes ses forces et tendit la main à son ami.

– J'ai la tête un peu lourde, lui dit-il, j'aurai trop dormi.

– Non, fit Platon en souriant, tu as trop bu.

– Moi ? Oh ! peut-on calomnier ainsi un pauvre officier, innocent comme notre mère Ève !

– Après le péché ?

– Avant !

– Soit ! mettons que tu n'as pas trop bu... tu as trop parlé.

– Hein ? fit Pierre en se mettant sur son séant. J'ai trop parlé ? Qu'est-ce que j'ai dit ? J'ai dit des bêtises ?

– Pas précisément. Tu as raconté une certaine histoire d'enlèvement qui, si elle est vraie...

– Ah ! s'écria Pierre, j'ai parlé de ma cousine Dosia !

– Tu as parlé d'une cousine Clémentine, tu as eu l'habileté de ne pas trahir son vrai nom ; mais, mon pauvre ami, tu as fait de cette jeune fille un portrait si original et si ressemblant, que le moins habile la reconnaîtrait.

Pierre, désolé se balançait tristement, le visage caché dans ses deux mains.

– Animal ! s'écria-t-il, triple sot !... Et... qu'est-ce que j'ai bien pu dire ?

Platon lui esquissa en quelque mots le récit de la veille.

– Ah ! soupira Pierre satisfait, je n'ai pas brodé au moins ! Je n'ai dit que l'exacte vérité... *In vino veritas*... Et tu m'as laissé aller, toi, la Sagesse ?

– Comment veux-tu arrêter un homme un peu gris qui s'amuse à amuser les autres ? Tu as eu un succès fou avec ton histoire...

Le front de Pierre s'éclaircit : on n'est jamais fâché d'apprendre qu'on a eu un succès fou, lors même qu'on ne s'en souvient pas, et lors même qu'on a dû ce succès à des moyens légèrement répréhensibles.

– Il faut tâcher de réparer cette étourderie, continua Platon en voyant le bon effet de son discours.

– Oui, mais comment ?

Étant d'accord sur la fin, les deux jeunes gens débattirent les moyens et se séparèrent au bout d'un quart d'heure.

Le soir même, après dîner, au moment où les plus pressés allaient déserter le mess, Platon fit un signe, et l'on apporta un grand bol de punch flambant, – de format beaucoup plus modeste pourtant que celui de la veille.

– Qu'est-ce que cela veut dire ? s'écrièrent les officiers.

Quelques-uns, prêts à partir, subissant l'attraction, revinrent sur leurs pas.

– Cela veut dire, messieurs, fit Platon d'un air confus, que j'ai perdu mon pari et que je m'exécute.

– Quel pari ?

– Mourief avait parié qu'il inventerait de toutes pièces un petit roman, aussi bien qu'un littérateur à tous crins. J'avais soutenu le contraire. Il nous a amusés et séduits hier soir avec son histoire d'enlèvement. J'ai perdu. Je m'exécute.

– Oh ! séduits, séduits ! s'écria un des jeunes gens en se rapprochant. Tu n'as pas tant perdu ton pari que tu veux bien le dire, car, pour moi, je n'ai pas cru un mot de cette aventure.

– Ni moi ! dit un second.

– Ni moi ! proféra un troisième. C'était trop joli pour être vrai !

Cette dernière réflexion mit du baume sur l'amour-propre de Mourief, qui commençait à s'endolorir.

– Et puis, conclut un quatrième, quel est l'homme assez modeste pour raconter une histoire où il joue un rôle si peu brillant ? On est plus chatouilleux quand il s'agit de soi-même !

Pierre échangea un sourire avec son ami.

La conversation, une fois détournée de la véritable piste, s'égara de plus en plus, et le punch disparut au milieu de la gaieté générale.

L'heure venue, les deux jeunes gens reprirent ensemble le chemin de leurs baraques. L'air était chargé d'une senteur aromatique particulière, celle des bourgeons de peuplier nouvellement éclos. Cette belle nuit de juin, presque sans ombres, ne provoquait sans doute pas aux confidences, car ils marchèrent silencieux jusqu'au moment de se séparer.

– Ta cousine Dosia est-elle vraiment si mal élevée ? dit tout à coup Platon au moment d'entrer dans sa baraque.

– Ah ! mon cher, je ne sais pas au juste ce que j'ai dit, mais tout cela est fort au-dessous de la vérité : il m'aurait fallu parler vingt-quatre heures sans désemparer pour te donner une idée à peu près exacte de cette fantasque demoiselle.

– Fantasque, soit ! dit Platon en souriant ; mais fort originale, et très vertueuse, à coup sûr, malgré son escapade.

– Originale, certes ; vertueuse, encore plus ! J'ai de bonnes raisons pour m'en souvenir, répondit Pierre en passant légèrement la main sur sa joue. Tu parles d'or, la Sagesse !

– Bonsoir, fit Platon en lui tendant la main.

– Bonsoir ! répondit Pierre, qui s'en alla d'un pas agile et souple.

Platon le regarda s'éloigner, réfléchit un moment, puis rentra dans sa petite isba et s'endormit sans perdre une minute à de plus longues réflexions.

Chapitre VII

Le comte Platon Sourof avait une sœur, la princesse Sophie Koutsky, aussi raisonnable, aussi sensée que lui-même. De toute sa vie, elle n'avait fait qu'une folie, commis qu'une imprudence, celle d'épouser à dix-sept ans un mari malade, qu'elle aimait tendrement, qu'elle avait soigné avec tout le dévouement possible, et qui l'avait laissée veuve au bout de dix-huit mois.

– Vous ne faites jamais de bêtises, ma chère, lui avait dit à ce sujet la grande-duchesse N... dont elle était la filleule ; mais il paraît que vous avez l'intention de régler d'un seul coup tout votre passé et tout votre avenir, en fait de folies.

Sophie s'était contentée de sourire et de baiser respectueusement la main de son auguste marraine. Huit jours après, le prince Koutsky, un rayon de bonheur sur son visage émacié par les fièvres, conduisait à l'église celle qui voulait bien partager sa triste vie pour le peu de temps qu'elle devait encore durer.

– Si Koutsky était riche, passe encore, disait un gros général d'artillerie aussi intelligent que ses boulets de canon. Mais il n'a pas le sou ! Que peut-elle aimer dans ce fiévreux ?

– Le sacrifice ! lui jeta bien en face une belle enthousiaste de vingt ans.

Le général s'inclina d'un air aimable et balbutia un compliment ;

mais il n'avait pas compris, et il n'était pas le seul.

Sophie Koutsky soigna en effet son mari jusqu'au dernier moment, le mit de ses mains dans le cercueil, prit le deuil de veuve et continua à vivre aussi calme, aussi raisonnable que jamais.

Ce qu'elle avait recherché dans le mariage était, en effet, cette soif du martyre qui tourmente les grandes âmes. Elle avait aimé Koutsky parce qu'il était malade et condamné à mourir bientôt ; elle avait vu une bonne œuvre à faire en donnant à ce mourant les joies du foyer domestique, d'un intérieur harmonieux, d'une tendresse infatigable et dévouée.

Si son mari n'eût pas pris les fièvres au Turkestan en servant son pays, elle eût peut-être été moins généreuse ; mais dans de telles circonstances il lui semblait payer sa dette à l'humanité et à son pays tout ensemble.

Quand elle quitta le noir pour le lilas, on lui demanda ce qu'elle comptait faire.

– Vivre un peu pour mon plaisir, répondit-elle.

En effet, depuis trois ou quatre ans qu'elle était veuve, on la voyait à peu près partout où une honnête femme peut se montrer seule. Grâce à cette dignité simple, à cette aisance tranquille et calmante, pour ainsi dire, qui lui servait d'égide, sa grande jeunesse n'avait pas été un obstacle à sa liberté.

La famille avait d'abord parlé de la nécessité d'un chaperon, mais la princesse, sans s'en offusquer d'ailleurs, avait repoussé cette idée.

– Mon chaperon serait ou une vieille femme véritablement digne de respect, – et en ce cas il me faudrait la ménager et la soigner, ce qui me couperait les ailes, – ou une demoiselle de compagnie nullement vénérable, que je pourrais traîner partout à ma suite, mais dont la protection ne serait pas sérieuse. Alors, à quoi bon ? Laissez-moi comme je suis, et si je fais quelque sottise, nous en reparlerons.

Cette façon sommaire de régler les questions de convenance avait d'abord un peu ému la famille ; puis « Sophie était si sage » que les bonnes gens avaient cessé de s'occuper de ses petites fantaisies innocentes.

Le prince Koutsky n'avait pas laissé grand-chose à sa veuve ; mais Sophie était riche de son chef, et sa fortune bien ordonnée lui permettait de vivre grandement. Son principal plaisir, en été, consistait à surprendre de temps en temps quelques bonnes amies en venant passer une journée avec elles, dans les environs, et parfois il lui arrivait de venir jusqu'au camp rendre visite à son frère, qu'elle aimait beaucoup et qui la comprenait mieux que pas un être au monde.

Deux ou trois jours après l'indiscrétion de Pierre Mourief, la belle princesse Sophie vint voir le comte Sourof. Ses chevaux seuls pouvaient se plaindre de son humeur errante, car elle leur imposait de longues courses ; mais c'étaient de vaillantes bêtes, à la fois belles et solides, et la course de Tsarkoé-Sélo, où elle habitait pendant l'été, jusqu'au camp de Krasnoé, n'était pas assez longue pour les mettre sur les dents.

La princesse passa la journée avec son frère, assista aux exercices, dîna avec lui dans son isba, et, vers le soir, la calèche à quatre places dont elle se servait dans ces sortes d'occasions s'avança devant la petite maisonnette en bois.

Mourief passait en ce moment. Ses occupations l'avaient tenu écarté de cette partie du camp pendant la journée ; et, ne connaissant pas la princesse, il ignorait à qui appartenait ce bel équipage. Une curiosité provoquée peut-être moins par l'attelage de choix que par la propriétaire de ces biens, lui fit ralentir le pas.

Sourof, reconduisant sa sœur, sortit de l'isba.

La beauté et l'expression charmantes du visage de la princesse, sa grande tournure, sa distinction exquise frappèrent le jeune lieutenant.

Sophie venait de s'asseoir dans la calèche ; son frère, appuyé sur la portière, causait avec elle ; il aperçut le visage légèrement étonné de Pierre, qui se retournait pour voir encore cette belle personne, et, souriant, il lui fit un signe d'appel.

Mourief rebroussa chemin et vint se ranger auprès de son ami.

– Ma chère Sophie, dit le comte, tu es la plus sage des femmes : tu seras peut-être bien aise de faire la connaissance du plus fou de nos jeunes braves... Le lieutenant Pierre Mourief, mon ami ; la princesse Koutsky, ma sœur.

Pierre s'inclina profondément. La princesse regarda un instant son frère et le néophyte.

– Venez me faire un bout de conduite, messieurs ; vous ne devez pas être gens à redouter deux ou trois verstes de chemin à pied.

Les deux jeunes gens obéirent, et l'attelage partit d'un trot égal et parfait.

Chapitre VIII

– S'il n'y a pas d'indiscrétion, monsieur, fit la princesse après les premières banalités inévitables, dites-moi pourquoi mon frère vous octroie une telle supériorité sur vos camarades de régiment ?

Pierre se mit à rire.

– Demandez-le-lui, madame, répondit-il. S'il veut vous le dire, je ratifie son jugement.

– On peut tout dire à ma sœur, fit Platon d'un air moitié fier, moitié railleur ; ce n'est pas pour rien qu'on l'a baptisée Sophie. On aurait aussi bien pu la baptiser Muette, car elle ne répète jamais rien.

Pierre s'inclina respectueusement, sans cesser de sourire.

– Fais ce qu'il te plaira, dit-il à son ami ; toi aussi, tu es si sage, si sage... Vraiment, madame, ajouta-t-il en se tournant vers la princesse, assise en face de lui, je ne mérite pas de me trouver en si parfaite société ; je ne me reconnais pas digne...

– Raconte-moi ce qu'il a fait, Platon, dit la princesse à son frère. Tout cela, ce sont des faux-fuyants pour éviter une confession terrible, je le soupçonne. Vous avez tort, monsieur, reprit-elle en s'adressant à Mourief, la confession purifie d'autant mieux que parfois elle suggère un moyen de réparer une erreur.

– Ah ! madame, je n'oserai jamais...

– Je vais donc parler à ta place, fit Platon, qui avait son idée. Imagine-toi, ma chère sœur, que l'autre jour, pour célébrer dignement le vingt-troisième anniversaire de sa naissance, le lieutenant Mourief, ici présent, s'est grisé...

– Oh ! grisé ! protesta Pierre. Égayé, tout au plus !

– ... En notre compagnie, continua Sourof. Tu peux bien te douter que si j'y assistais, le mal n'était pas grave. Mais il était si gai, qu'il nous a raconté tout au long les fantaisies d'une jeune fille fort mal élevée et que, pour ma part, sans la connaître, je trouve charmante.

Pierre fit une moue significative.

– Voyons, dit Platon, est-elle charmante, ou non ?

– Charmante, charmante... En théorie, oui... mais...

– Elle est fort mal élevée ? demanda la princesse.

– Horriblement.

– Jolie et de bonne famille ?

– Oui, princesse, l'un et l'autre sont incontestables.

– C'est Dosia Zaptine ! dit la princesse après une seconde de réflexion.

Les deux jeunes gens se mirent à rire. Pierre s'inclina.

– Madame, dit-il, je rends hommage à votre sagesse vraiment supérieure. Près de vous, Zadig n'est qu'un écolier.

– Comment as-tu deviné ? Je ne savais pas qu'une telle personne existât sous la lune.

– Il n'y a qu'une Dosia au monde, répondit sentencieusement la princesse, et il était réservé à M. Mourief d'être son prophète. Maintenant, messieurs, si vous voulez revenir chez vous avant la retraite, je vous conseille de ne pas perdre de temps, car vos jambes ne valent pas celles de mes trotteurs.

Deux minutes après, la calèche de la princesse disparaissait dans un nuage de poussière, et les jeunes gens reprenaient le chemin du camp.

– Comment diable Sophie a-t-elle pu reconnaître cette demoiselle Zaptine ? murmura Platon, et d'où la connaît-elle ?

– Oh ! répondit son camarade par manière de consolation, quand on l'a vue une fois, on ne l'oublie plus !... Platon, pourquoi ne m'avais-tu jamais parlé de ta sœur ?

– Est-ce qu'on parle de la perfection ? répondit Sourof de ce ton moitié railleur, moitié sérieux, qui lui était habituel. Elle apparaît, et l'on est ébloui, voilà !

– C'est vrai ! répondit Pierre, très sérieux.

Et ils causèrent chevaux jusqu'au moment de se quitter.

Chapitre IX

Sous ses dehors de gravité, Platon avait été saisi d'un soudain désir de prendre de plus amples informations sur le compte de Dosia Zaptine, et ce désir devint si vif, qu'il profita du premier jour de liberté pour aller rendre à sa sœur sa visite amicale.

Il trouva la princesse assise sur une simple chaise de Vienne en bois tourné, vêtue de clair, mais habillée dès le matin, lisant assidûment un gros livre dont elle coupait les feuillets à mesure.

– Sois le bienvenu, dit-elle en apercevant son frère dans l'encadrement de la porte ; je pensais à toi.

Platon s'approcha, baisa la belle main blanche qui lui était tendue, et échangea un bon baiser avec sa sœur ; la princesse ne mettait aucune espèce de poudre de riz et son frère pouvait l'embrasser sans crainte ; – puis il s'assit auprès d'elle.

Le petit salon, tendu de perse chatoyante, fond vert d'eau, était meublé de quelques chaises cannelées ; une table d'acajou, assez rococo, en encombrait le milieu ; deux fauteuils pour les paresseux, un petit canapé, une glace un peu verdâtre, – comme c'est l'ordinaire dans les maisons de campagne de Tsarkoé-Sélo, – tel était le mobilier de cette retraite modeste ; et pourtant tout y respirait une sérénité, une ampleur qui ne venaient certes pas de l'ameublement. Peut-être les massifs d'arbustes en fleur, disposés partout où il s'était trouvé de la place, y apportaient-ils de la sérénité, – et peut-être était-ce la grâce tranquille de la princesse qui y mettait l'ampleur.

– Prends un fauteuil, dit Sophie à son frère.

– Et toi ?

– Moi, j'abhorre les fauteuils ; c'est bon pour les paresseux ou pour les voyageurs qui viennent du camp visiter leur sœur chérie. Je n'habite jamais que des chaises.

Platon s'allongea moelleusement dans le fauteuil vert d'eau.

– Les fauteuils ont pourtant du bon, dit-il, surtout quand on a fait à cheval une vingtaine de verstes. Qu'est-ce que tu lisais ?

– L'*Intelligence*, de Taine.

– Et deux volumes in-octavo ! fit Platon. Ô Sophie ! tu m'éblouis par ta raison. Quand tu auras fini, tu me les passeras.

– Tiens ! fit tranquillement la princesse en poussant le premier volume à travers la table.

Et elle se remit à couper les pages avec son petit couteau d'ivoire.

– Pourquoi te dépêches-tu tant à ce travail maussade ? dit le jeune homme. Rien n'est plus déplaisant que ce grincement de papier.

– C'est pour avoir fini, mon grand frère, répondit Sophie en riant.

Elle coupa rapidement les dernières pages, puis reposa le volume sur la table.

– Enfin ! dit-elle avec satisfaction. As-tu déjeuné ?

– Non.

– Veux-tu quelque-chose ?

– Quand tu déjeuneras, je t'aiderai vaillamment, mais je puis attendre.

La princesse sonna, donna quelques ordres, puis, prenant une tapisserie, revint à sa place. Platon la suivait des yeux.

– Il y a longtemps que je te connais, dit-il en souriant, et tu m'étonnes toujours. Quand est-ce que tu ne fais rien ?

– Quand je dors, répondit la princesse en riant. Et encore il m'arrive parfois de rêver... Et toi, dis-moi un peu pourquoi tu t'es si fort pressé de me rendre ma visite ?

– Parce que j'avais envie de te voir, fit Platon en jouant avec le gland du fauteuil.

– Et puis ?

Le jeune homme leva les yeux et vit passer une ombre de raillerie dans ceux de sa sœur.

– Tu es sorcière, Sophie ! dit-il en se levant.

– Qu'ai-je deviné, cette fois ?

– C'est toi qui le diras. Si tu allais te tromper, ce serait bien amusant ; je n'ai garde de perdre cette chance.

– Tu es venu prendre des renseignements sur Dosia Zaptine, fit tranquillement la princesse. D'ailleurs, j'ai prévenu ta demande, et je me suis informée. Tu peux me demander ce que tu voudras, mes réponses sont prêtes.

Platon, qui se promenait à travers le salon, s'arrêta devant elle et se croisa les mains derrière le dos.

– Sais-tu que tu es dangereuse avec ta perspicacité ? lui dit-il d'un ton moitié sérieux, moitié enjoué.

– Dangereuse ? Pas pour toi, mon sage frère ! répondit-elle du même ton.

– Eh bien ! que vas-tu me dire ? fit-il en reprenant son fauteuil et sa gaieté.

– Pose les questions, je répondrai.

– Soit ! D'abord, qui est Dosia Zaptine ?

– Fédocia Savichna Zaptine est la fille d'un général-major en retraite, mort depuis cinq ans. Elle a un nombre considérable de sœurs, je ne sais plus au juste combien...

– Pierre Mourief en sait mieux le compte, interrompit Platon.

– Vraiment ? Ça fait le plus grand honneur à ce jeune homme ! Je ne croyais pas trouver en lui l'étoffe d'un calculateur.

– Oh ! fit Platon avec bonhomie, il sait compter jusqu'à six ; et encore quand il s'agit de cotillons.

– Tu me rassures, répondit la princesse avec son calme habituel. Eh bien ! mettons que Dosia ait cinq ou six sœurs. Sa mère est née Morlof ; – bonne noblesse ; – la famille n'est pas dépourvue de fortune et il n'y a pas d'héritier mâle. Est-ce là ce qu'il te fallait en fait de renseignement ?

– À peu près. Seconde question : le portrait que Pierre a tracé d'elle est-il exact ?

– Je te ferai préalablement observer que je ne sais pas quel portrait a tracé M. Pierre, – mais il doit être exact, puisque sur une simple indication j'ai reconnu l'original.

Platon s'inclina en guise d'acquiescement.

– Alors, fit-il après un court silence, elle est très mal élevée ?

– Absolument ! Elle tire pas mal le pistolet ; c'est son père qui lui a appris ce noble amusement en la faisant tirer pendant un été entier dans une vieille casquette d'uniforme qui leur servait de cible ; Dosia pouvait avoir une dizaine d'années. Son professeur est mort, mais la casquette est restée, avec le goût de pistolet. Je me rappelle avoir vu, un certain printemps, Dosia arroser des poids de senteur, – qu'elle avait plantés dans une assiette à soupe, – au moyen de cette casquette-cible, tellement criblée de trous, qu'elle pouvait servir d'arrosoir.

Ici Platon ne put conserver son sérieux, et la princesse lui tint compagnie,.

– Et le reste ? fit-il quand il eut recouvré la parole.

– Le reste ? Il y a à prendre et à laisser. J'ai dans l'idée qu'elle sait imparfaitement la géographie : elle m'a adressé sur Baden-Baden des questions qui m'ont fait soupçonner qu'elle croyait cette ville située sur les bords du Niagara. Maintenant je ne suis pas sûre qu'elle mette le Niagara en Amérique. Blondin lui a singulièrement brouillé les idées avec ses pérégrinations ; Blondin était son héros à l'époque où la casquette lui servait d'arrosoir. Elle rêvait de se promener à cheval sur une corde tendue en travers du Ladoga... Elle m'a même demandé si ce serait très difficile. Je lui ai répondu que le difficile ne serait pas de se promener, mais de décider le cheval.

– Le cheval qui rue ?

– Ah ! tu le connais ? Oui, le cheval qui rue, ou même un autre.

– En effet, dit Platon, ce ne serait pas facile. Elle a donc renoncé à son projet ?

– Après quelques essais infructueux sur une ligne tracée par terre, elle a dû renoncer à son rêve, non sans un grand crève-cœur. En histoire, elle est très forte, – elle a dévoré un tas énorme de gros volumes dans la bibliothèque de son père ; mais ces lectures n'ont pas modifié ses idées sur la géographie. Elle écrit très correctement les quatre langues, russe, allemande, française, anglaise ; – elle joue du piano très bien, quand elle veut, mais elle ne veut pas toujours ; elle dessine la caricature avec un talent rare et ignore absolument les premiers principes de l'arithmétique.

– C'est complet ! dit le jeune homme avec un soupir. Mais quelle espèce de personne est donc sa mère ?

– La femme la plus posée, la plus méthodique, la plus sérieuse qui se puisse voir : maigre, maladive, un peu mélancolique, ignorante comme une carpe et pleine de foi dans la perfection des gouvernantes étrangères, – ce qui explique un peu l'éducation bizarre de Dosia.

– Et les autres sœurs ?

– Ce sont de sages personnes, très rangées, pédantes même... Explique qui pourra ces anomalies. Un farfadet a dû se glisser dans le berceau de Dosia le jour qu'elle est née ; en le cherchant bien, on le trouverait peut-être dans ses tresses ou dans les plis de sa robe.

– Et le moral ? fit Platon redevenu soucieux.

Le moral est excellent, il rachète le reste.

Les yeux du jeune officier exprimèrent une série d'interrogation si éloquentes que la princesse se mit à rire.

– Je crois, dit-elle, que M. Pierre a calomnié sa charmante cousine ; s'ils se sont querellés, il est certain qu'il n'a pas eu le dessus, car Dosia a un caquet de premier ordre. Mais de moral, je le répète, n'en est pas moins excellent. Cette petite fille a très bon cœur, – non pas ce bon cœur qui consiste à donner à tort et à travers ce qu'on possède ; mais elle a le cœur généreux et paye de sa personne à l'occasion. Je l'ai vue, en temps de fièvre, porter des secours à ses paysans, comme une vaillante qu'elle est. Je l'ai vue se jeter à l'eau pour repêcher un petit marmouset de quatre à cinq ans qui s'était avancé trop loin en prenant un bain, et que le courant emportait : elle nage comme un poisson, par parenthèse ; mais tout habillée, ce n'est pas réjouissant. Elle est bonne, très bonne... aussi bonne qu'insupportable, ajouta la princesse en riant.

– Je te crois sans peine, dit Platon. Ces natures toutes de contrastes violents sont également susceptibles de mal et de bien... Mais la morale, qu'en faisons-nous dans tout cela ?

– Dosia est l'honneur même, répondit la princesse. C'est la vraie fille de son père.

Platon avait repris sa marche dans le salon. Sa physionomie s'était assombrie. Il garda le silence.

– Tu sais sur son compte quelque chose de plus que moi, dit affirmativement la princesse en le regardant.

– Oui !... Et cela me chagrine, car cette enfant, avec ses défauts, me semble fort intéressante...

Et Platon confia à sa sœur les confidences caractéristiques de Pierre Mourief.

– C'est fâcheux, dit la princesse quand son frère eut fini. Mais je ne vois là qu'un enfantillage...

– Sans doute, reprit Platon, cependant, pour celui qui l'épousera, cet enfantillage n'est pas sans conséquence.

La princesse ne répondit rien. La chose envisagée sous ce jour était en effet sérieuse. Heureusement, on annonça le déjeuner, et la conversation prit un autre cours.

La journée s'écoula. Le soir venu, au moment où Platon se préparait à monter en selle, sa sœur l'arrêta.

– Es-tu curieux de voir Dosia ? lui dit-elle.

Platon réfléchit un moment.

– Certainement, répondit-il. Elle me fait l'effet d'un écureuil charmant et un peu farouche.

– Bien ! Nous aurons des régates dans six semaines, je l'inviterai, – sans sa mère, – et tu la verras dans tout son beau.

Platon prit congé de sa sœur et galopa bientôt vers le camp.

– C'est dommage ! se dit-il tout pensif en secouant la tête.

– C'est dommage ! répéta-t-il une seconde fois au bout d'un quart d'heure.

Surpris lui-même de cette persistance d'une même idée, il s'interrogea et s'aperçut qu'il pensait à Dosia Zaptine.

Chapitre X

– Y a-t-il longtemps que tu n'as vu ta sœur ? demanda Pierre Mourief à son ami, deux ou trois jours après cette visite.

– Non. Pourquoi ?

Pierre hésita un moment.

– Tu as dû lui donner une idée bien étrange et peu flatteuse de mon individu : les quelques mots que tu lui as dits au sujet de ma cousine Dosia n'ont pas pu lui faire augurer beaucoup de mon intelligence...

Pluton se mit à rire.

– Détrompe-toi, mon cher ! ma sœur ne condamne pas les gens pour si peu ; je ne crois pas qu'elle ait pris mauvaise opinion de toi... D'ailleurs, rien n'est plus facile que de t'en assurer.

– Comment cela ? fit Pierre, dont le visage se couvrit d'une rougeur joyeuse.

– En m'accompagnant dimanche. Je dois déjeuner avec elle ; nous partirons de bonne heure, avant la chaleur, et tu pourras t'expliquer en long et en large sur le chapitre de tes errements.

Pierre, enchanté, remercia son ami, demanda si la princesse excuserait la poussière du voyage, si ce n'était pas très impoli, et sur tous ces points se laissa rassurer le plus facilement du monde, car il ne demandait que cela.

Le comte Sourof était très réservé dans les présentations qu'il faisait à sa sœur. Jusque-là bien peu de ses camarades avaient été admis à l'honneur d'aborder la belle princesse Koutsky. Cette réserve venait d'un sentiment naturel des convenances ; il ne sied pas que la maison d'une veuve soit pleine de jeunes gens. En invitant Mourief à l'accompagner, le comte Platon s'était donc départi de ses habitudes ; si on l'eût interrogé, ce sage eût peut-être perdu une parcelle de sa sérénité ; il est à craindre qu'il n'eût témoigné une ombre d'humeur à l'intrus qui se mêlait de questions si délicates. Au fond, le comte Platon avait engagé Pierre Mourief à déjeuner chez sa sœur parce qu'il s'en remettait à la pénétration de celle-ci pour tirer du jeune officier tous les éclaircissements désirables au sujet de son escapade avec Dosia Zaptine.

Dosia était devenue insensiblement le sujet de toutes ses rêveries inconscientes. Les cheveux ébouriffés, les bottines mordorées et les yeux rieurs de cette capricieuse flottaient devant ses yeux comme s'il l'eût connue. Il pensait à elle avec regret, comme à un jeune animal élevé avec soin, avec tendresse, et volé au moment où il commençait à faire honneur à son éducation. Il n'avait jamais vu cette petite fille intraitable, et il la plaignait comme s'il l'eût aimée enfant ; il la plaignait d'avoir, si jeune, un souvenir qu'elle voudrait plus tard pouvoir effacer de sa vie au prix de tous les sacrifices...

Le dimanche venu, les jeunes gens prirent la route de Tsarkoé-Sélo, en calèche, pour éviter la poussière. Platon se taisait. Pierre avait peine à l'imiter et se contenait pourtant, de peur de paraître indiscret. Au fond il grillait d'adresser à son ami les questions les plus diverses sur ce qui concernait la princesse Sophie. Enfin, il n'y put tenir.

– Est-ce que ta sœur est bel esprit ? demanda-t-il à Platon. Je suis si ignorant !

– Si tu es ignorant, mon bon, répondit tranquillement le jeune officier, fie-toi à ma sœur pour combler les lacunes de ton éducation. Elle te prêtera des livres, ne t'adressera pas une question et te renverra penaud, pénétré du désir de t'instruire, – avec un gros bouquin sous le bras. C'est l'usage de la maison. J'y passe comme les autres.

Et, soulevant le pan de son grand manteau d'ordonnance, Platon laissa entrevoir le volume de l'*Intelligence*, bien et dûment recouvert d'un journal français.

– Elle t'a prêté cela ? fit avidement Mourief ; montre-le moi !

– Oh ! tu peux le feuilleter et même le lire à discrétion : tu n'y comprendras rien.

Pierre ouvrit en effet le livre à deux ou trois endroits différents et le rendit à son ami avec un visage piteux et défait qui amena un sourire sur les lèvres de Platon.

– Mais alors, dit le pauvre garçon, la princesse va me trouver horriblement bête ?

– Oh ! que non ! répondit son ami. Elle ne pense pas que, pour n'être pas une bête, on doive comprendre d'emblée les livres qui exigent des études préparatoires. Vous vous entendrez très bien. Elle n'est pas bas bleu le moins du monde ; tu verras !

La calèche s'arrête devant le petit perron, et, deux minutes plus tard, Pierre se trouvait assis en face de son ami, dans le second fauteuil vert d'eau, causant avec la princesse comme s'il la connaissait depuis dix ans. Les gros volumes avaient disparu avec le couteau à papier, et quelques romans modernes rôdaient seuls sur la table d'acajou rococo.

On déjeuna gaiement ; la belle argenterie, le fin cristal mousseline, les radis roses, la nappe étincelante, les bouquets de fleurs qui se cachaient dans tous les coins, les yeux de velours et la robe blanche de la princesse Sophie formaient un ensemble harmonieux, bien pondéré, où les couleurs éclatantes et douces se faisaient une opposition savante et, en apparence, naturelle. La princesse était passée maîtresse dans l'art de composer un tableau d'intérieur avec les objets qui l'environnaient. C'était peut-être ce qui donnait à son logis un charme indicible qu'on ne retrouvait nulle part ailleurs.

Après une conversation décousue et enjouée sur les mille sujets qui circulent dans un même monde, la chaleur du soleil ayant diminué, vers quatre heures, la princesse proposa une promenade dans le parc.

Ils entrèrent par la porte monumentale en fonte, édifiée par Alexandre Ier, sur laquelle on lit, d'un côté, une inscription russe en lettres d'or, et de l'autre, en français : *À mes chers compagnons d'armes.* Aussitôt, la fraîcheur de la verdure et l'ombre des beaux tilleuls séculaires les environnèrent doucement, leur donnant l'impression d'une vie nouvelle.

Laissant à leur droite le palais et les parterres, ils s'enfoncèrent dans les grandes allées dont le vert foncé change avec les heures du jour. Le lac, par échappées, brillait comme un bol immense rempli de vif argent. La coupole dorée du bain turc, qui s'avance en promontoire, apparut un instant, rutilante et baignée de soleil. Puis l'ombre les environna de nouveau, et ils avancèrent lentement dans les allées sinueuses si bien sablées qu'elles ont l'air d'un joujou anglais, et protégées par une verdure si épaisse qu'on dirait une forêt inviolée.

Ils trouvèrent un banc et s'assirent dans une sorte de rond-point environné d'une balustrade de pierre, où sans doute l'ancienne cour se réunissait, sous Catherine, pour deviser ou pour goûter, – mais, de nos jours, désert et presque négligé.

Ce lieu avait une certaine grandeur mélancolique : les arbres autour paraissaient plus vieux et plus vénérables qu'ailleurs, et, du reste, les vieilles pierres, quelque part que ce soit, semblent toujours avoir quelque chose à vous conter.

Depuis le matin, les trois promeneurs avaient pensé plus d'une fois à la fantasque Dosia, – en ce moment même peut-être occupée à s'aveugler consciencieusement, les yeux fixés sur le lac Ladoga, – peut-être aussi préparant quelque mystification inénarrable à n'importe quel personnage, – le plus sérieux étant le meilleur en pareil cas. Mais personne n'avait prononcé son nom.

– Je voudrais bien avoir du lait, dit tout à coup la princesse. Y a-t-il loin d'ici à la maison du garde ?

– Dix minutes, répondit le comte.

– Eh bien ! mon ami, fais-nous apporter du lait. Je meurs de soif.

Mourief se leva, empressé.

– Permettez, princesse, fit-il, j'irai.

Elle le retint du geste.

– Non, monsieur, vous êtes mon hôte, dit-elle avec la grâce qui lui était particulière. Mon frère prendra cette peine.

Platon s'éloigna aussitôt à grandes enjambées. Il avait compris que, seule avec le jeune homme, sa sœur amènerait bien plus facilement les confidences, et qu'à son retour il trouverait Pierre disposé à se confesser sans réserve.

En effet, on apercevait encore sa casquette parmi les troncs d'arbres, lorsque la princesse, souriant à demi, dit brusquement au jeune officier :

– Que vous a donc fait votre cousine Dosia, pour que vous ayez si piètre opinion de ses mérites ?

– Ce qu'elle m'a fait, princesse ?... s'écria l'infortuné.

Il s'arrêta net, puis reprit après une demi-seconde de réflexion :

– Elle a failli me faire faire une sottise dont je me serais repenti toute ma vie.

– J'adore les sottises ! répondit Sophie avec son sourire engageant. Racontez-moi cela !

En quelques mots Pierre lui raconta l'escapade et le retour de sa cousine sous le toit maternel. La princesse l'écoutait toujours avec un demi-sourire.

– Voyons, monsieur Pierre, lui dit-elle quand il reprit haleine, – car dans sa colère il s'était animé, – si elle n'avait pas voulu revenir à la maison, qu'auriez-vous fait ?

– Je l'aurais amenée à ma mère, comme je lui avais dit. Et quel savon j'aurais reçu ! Encore dois-je des remerciement à cette tête folle pour m'avoir épargné cet orage-là.

– Votre famille n'eût pas été satisfaite de ce choix ?

– Certes, non ! Mais vous, princesse, vous qui la connaissez, à ce que je vois, aimeriez-vous à la voir des vôtres ?

– Oh ! moi, dit Sophie, je n'ai pas qualité pour juger ces choses-là ! D'abord, je trouve Dosia délicieuse avec tous ses défauts, – et puis, je la mettrais bien vite à la raison si je l'avais seulement un an avec moi ; et enfin je ne l'épouserai pas, ajouta-t-elle en riant, ce qui change la position du tout au tout.

– Je ne l'épouserai pas non plus, Dieu merci ! s'écria Pierre en levant les yeux au ciel, dans le transport de sa reconnaissance.

– Mais, dites-moi, monsieur, si votre famille avait refusé son consentement ? Il me semble que Dosia est votre cousine à un degré assez proche pour que le mariage vous soit interdit par l'Église ?

– J'avais pensé à cela, en effet, répondit le jeune homme. Eh bien ! j'aurais donné ma démission, et nous nous serions mariés à l'étranger. Il est avec le ciel des accommodements.

– Vous auriez encouru le risque d'une disgrâce ?

– Mon Dieu, il l'aurait bien fallu ! Une fois que je l'avais enlevée !

– Vous l'auriez épousée malgré tout ?

Pierre regarda la princesse avec quelque surprise.

– Puisque je l'avais enlevée ! répéta-t-il lentement.

La princesse, baissant les yeux, savoura un moment la joie très délicate et suprême de rencontrer une âme absolument droite et honnête. Elle voulut approfondir encore cette jouissance.

– Et vous ne l'aimiez pas follement ?

– Franchement, non. Je ne l'aimais pas du tout, je le vois maintenant. Je sens qu'il faut autre chose que la beauté et l'esprit pour inspirer un véritable amour.

– Ah ! vous avez fait cette découverte ? dit en souriant la princesse.

Pierre garda le silence et rougit. Heureusement Sophie n'eut pas l'idée de lui demander depuis quand, car il eût été bien honteux d'avouer que cette conviction datait de l'instant même.

– Vous auriez épousé Dosia sans l'aimer, sachant qu'elle ne pourrait pas vous procurer le vrai bonheur ?

– Mais, princesse, puisque je l'avais enlevée ! répéta Pierre pour la troisième fois.

Sophie tendit la main au jeune officier.

– Allons, monsieur Pierre, dit-elle, vous êtes un preux ! mais, ajouta-t-elle en retirant sa main, bénissez le ciel de n'avoir pas poussé l'épreuve jusqu'au bout. Il est heureux pour elle et pour vous que l'affaire se soit terminée si brusquement, car si elle n'est pas la femme de vos rêves, vous n'êtes pas non plus le mari qui lui convient.

– À quel infortuné, à quel condamné à perpétuité destineriez-vous cette fantasque jeune personne ?

– Ah ! voilà ! fit la princesse avec son sourire énigmatique ; je n'en sais rien, mais pour guider cette barque indocile, il faudrait un pilote plus sage que vous.

Platon arrivait, suivi d'un paysan qui portait dans un panier du lait et des verres. On se rafraîchit, et le paysan s'en retourna.

Ou moment où la princesse se levait pour continuer sa promenade :

– Vous êtes bien sûr, dit-elle à Pierre, que le retour de Dosia chez sa mère ne vous a pas laissé de regrets ?

– Le plus inexprimable soulagement, princesse, la joie la plus intime et la plus profonde ! Je n'ai jamais si bien dormi que cette nuit-là.

– Heureuse prérogative d'une bonne conscience ! dit la princesse en s'adressant à son frère. Tu vois devant toi, Platon, l'homme qui n'a jamais connu le remords ! Admire-le !...

– Ah ! princesse, soupira Pierre, si vous saviez quel bien-être c'était de penser que je l'avais échappé de si près ! Grand Dieu ! je frémis quand je pense au danger que j'ai couru.

Ils reprirent en plaisantant le chemin du logis, contents tous les trois, pour des motifs très différents. Le contentement le plus sérieux était celui de Sophie. La princesse, en effet, passait sa vie à chercher de belles âmes, et, quand elle en trouvait, ce qui ne lui arrivait pas souvent, il se chantait dans son cœur un concert à ravir les anges du paradis. Ce jour-là, le concert fut particulièrement brillant.

On ne sait quelles paroles mystérieuses échangèrent Sophie et son frère dans un aparté, mais tout le long de la route, en revenant au camp, Platon ne fit que fredonner des airs d'opéra. Pierre Mourief ne dit pas un mot et fuma huit cigarettes.

Chapitre XI

Les deux jeunes gens retournèrent souvent chez la princesse. Cet intérieur paisible avait pris tout à coup possession du lieutenant Mourief, au point de lui faire dédaigner ses anciens plaisirs.

Le théâtre seul l'amusait encore, mais il était devenu plus difficile sur le choix du répertoire, et un beau jour il s'aperçut que le ballet l'ennuyait.

Heureusement les grandes manœuvres eurent lieu, et le camp fut levé, – ce qui rétablit Pierre dans son assiette ordinaire, grâce à une semaine de fatigues bien conditionnées. Pendant huit jours il ne fit que dormir, manger, prendre l'air, tomber de sommeil, et ainsi de suite. Après quoi il se retrouva en possession de toutes ses facultés.

Comme le lui avait prédit Sourof, la princesse lui avait prêté des livres, et lui, qui ne pouvait pas souffrir la lecture, il y avait pris un plaisir extraordinaire. Charmé de ce changement, sans se rendre compte qu'il avait pour cause le plaisir de parler avec la princesse Sophie de choses qu'elle aimait et admirait, il s'était dit que sans doute il avait fini de semer sa folle avoine et qu'il entrait dans l'ère des occupations plus stables.

Pourtant, à bien regarder autour de lui, il s'aperçut que ses camarades, pour la plupart de son âge ou plus âgés, semaient encore leur avoine à pleines poignées sur tous les chemins imaginables, et un beau matin il s'éveilla en se demandant pourquoi il allait si souvent chez la princesse Koutsky.

– Je dois bien l'ennuyer ! se dit-il avec mélancolie.

Et il prit soudainement une résolution énergique, celle de ne plus importuner de sa présence cette généreuse princesse. Le cœur gros de regrets, à cette décision que personne ne lui demandait, il se préparait à écrire un petit billet bien poli, en renvoyant les livres prêtés, lorsque la Providence, dispensatrice des biens et des maux, lui rappela que ce jour même était celui des régates, et qu'il avait promis de passer cette journée chez la princesse avec Platon.

– Ce sera pour demain, se dit-il illuminé d'une joie enfantine. Encore une bonne journée, et, puisqu'elle m'a invité d'elle-même, il est clair qu'aujourd'hui je ne suis pas importun. D'ailleurs, je crois qu'elle aura du monde.

L'infortuné ne croyait pas si bien dire.

Comme il entrait chez la princesse, vers une heure de l'après-midi, pimpant et tiré à quatre épingles, il vit venir à sa rencontre son ami Platon, dont la physionomie lui sembla particulièrement narquoise.

Chapitre XI

– Écoute ! lui dit celui-ci avec un mouvement du coin des lèvres aussi inquiétant. Je crois que les grandes joies sont dangereuses. Ma cœur a eu une idée ; je ne sais si tu la trouveras bonne... j'ai peur que non.

– Parle donc ! dit Pierre impatienté. Tu nous tiens dans le courant d'air.

– Eh bien ! mon ami, voici le fait. Ma sœur aime la concorde et voudrait voir la paix régner sur toute la terre avec un corne d'abondance dans chaque main. Ne pouvant réconcilier les empires, – hélas ! parfois irréconciliables...

– En as-tu encore pour longtemps ? interrompit de nouveau le jeune lieutenant.

– Non, j'ai fini... ma sœur contente ses aspirations pacifiques en réconciliant les particuliers. Elle savait que ta cousine Dosia et toi vous vous êtes séparés sur le pied de guerre, elle a entrepris de vous faire donner la main, et pour ce, elle l'a invitée à assister aux régates.

– Dosia !... Dosia ici ! s'écria Mourief en sautant sur son manteau qu'il avait déposé sur un banc.

– Dans ce salon même. Allons, ne fais pas attendre ma sœur. Elle t'a vu passer sous la fenêtre, et doit s'étonner de notre long entretien.

Et le sage Sourof, riant malgré lui, et malgré lui un peu inquiet, entraîna presque de force son ami Pierre dans le salon vert d'eau.

Dosia était là, en effet, trônant au beau milieu du canapé, dont sa robe occupait le reste. Elle se tenait droite comme un cierge, impassible comme un statue, et grave comme un bébé qui attend sa soupe.

Quatre ou cinq dames, – bien choisie pour la circonstance, parmi celles qui ont des yeux pour ne pas voir et des oreilles pour ne pas entendre, – servaient de cadre à ce joli tableau. Sophie s'entendait à arranger les choses : elle s'était promis de s'amuser de la rencontre de deux ex-fiancés, et elle se tenait parole.

– Oh ! princesse, ce n'est pas bien ! murmura le jeune lieutenant en baisant la main de Sophie.

– Bah ! il fallait bien en arriver là un jour ou l'autre, lui répondit celle-ci de l'air le plus détaché.

C'était rigoureusement vrai. Pierre s'inclina respectueusement devant Dosia, qui lui fit une inclination de tête à la fois sèche et cérémonieuse. Platon, adossé au chambranle de la porte, les regardait avec un certain malaise.

Pierre prit bravement son parti, s'assit sur une chaise qui se trouvait près de la jeune fille et entama la conversation.

– Vous vous êtes toujours bien portée, cousine, lui dit-il, depuis que j'ai eu le plaisir de vous voir ?

– Je vous remercie, mon cousin, répondit-elle. J'ai attrapé un rhume.

Elle toussa deux ou trois petites fois, puis continua de feuilleter un album.

– Et mon excellente tante n'a pas été malade ! reprit Pierre sur le même ton.

– Non, mon cousin, je vous remercie : pas plus qu'à l'ordinaire.

Pierre ne put y tenir. Sa malice naturelle l'étouffait depuis un instant ; le cercle bête et compassé qui les entourait lui inspirait la plus véhémente envie de faire quelque sottise ; il se pencha un peu vers sa cousine et lui glissa doucement :

– On ne vous a pas mise en pénitence pour votre dernière escapade ?

– Non, mon cousin ! Et j'ai gardé mon cheval, et mon chien couche sur le pied de mon lit, et j'ai une chambre à coucher pour moi toute seule !...

– Ça ne m'étonne pas, riposta Pierre, si vous avez pris votre chien pour camarade de chambrée...

– Et je fais tout ce que je veux à présent ! conclut-elle avec un regard de colère.

– Ç'a toujours été un peu votre habitude, répliqua son cousin sans se troubler. Je suis bien aise d'apprendre que vous avez fait des progrès... Et le piano ?

La princesse, qui les étudiait du coin de l'œil, vit que la querelle allait s'engager et se hâta d'appeler Pierre à son côté, pendant que Platon prenait la place restée vacante. Dosia redevint aussitôt grave et posée ; la rougeur que la colère avait appelée sur ses joues tomba, et son délicieux visage reprit l'expression de malice enfantine et tendre qui la rendait si séduisante.

– Là, monsieur Pierre, dit Sophie, qui ne pouvait s'empêcher de rire, attendez que nous ayons pris une tasse de chocolat. Ne renouvelez pas les hostilités avant la fin de l'armistice. Vous aurez le temps de vous quereller ; la journée est longue.

– Elle est intolérable avec son aplomb, murmura Pierre encore ému.

– C'est vous qui avez commencé.

– Je l'avoue. Mais elle n'aura pas le dernier mot...

– N'oubliez pas qu'elle est mon hôte, monsieur Mourief. Pour l'amour de moi, soyez patient.

– Pour l'amour de vous, princesse, je ferai tout ce que vous voudrez ! dit spontanément Pierre en levant les yeux vers le beau visage qui se penchait vers lui.

– Je vous remercie et je compte sur votre parole.

La princesse s'éloigna, et l'on servit le chocolat, après quoi la société se dirigea vers le lac où les régates devaient avoir lieu.

Chapitre XII

La flottille de Tsarkoé-Sélo est une chose bien curieuse. Elle a son amiral, – non pas un amiral d'eau douce, s'il vous plaît ! Ce service est d'ordinaire confié à quelque officier de marine, en récompense d'une action d'éclat où il a été blessé assez grièvement pour être exclu du service actif.

La flotte de Tsarkoé-Sélo se compose de tous les modèles d'embarcations légères employées dans l'étendue de l'empire. Tout s'y trouve, depuis la périssoire en acajou, le podoscaphe élégant, depuis la péniche réglementaire, le youyou, la simple barque plate où les mamans ne craignent pas de s'embarquer, jusqu'à la barque des Esquimaux, en peau de veau marin, jusqu'à la jonque chinoise, qui s'aventure dans les eaux de l'Amour, jusqu'à l'embarcation kamtchadale, étroite et baroque, jusqu'à la longue pirogue, maintenue en équilibre par des perches transversales. Les modèles originaux, amenés à grands frais des plus lointaines extrémités de l'empire, sont conservés dans une sorte de musée auquel a été assigné pour demeure une espèce de château assez laid, en briques brunes, flanqué de deux pseudo-tours rondes ; mais les copies de ces modèles sont à la disposition des amateurs. On peut, à toute heure du jour, s'embarquer seul sur le navire de son choix, ou se faire promener pendant une heure sur les flots limpides du lac ; tout cela gratis ; libre au promeneur généreux de récompenser le matelot qui lui présente la gaffe et l'amarre, ou qui rame pour lui sous les ardeurs du soleil pendant qu'un dais de toile protège les belles dames ou les élégants officiers.

C'est cette flottille étrange et variée qui devait concourir aux régates. Parmi tant d'embarcations différentes, on avait fini par établir une sorte de classification, tant à la voile qu'à la rame.

Les grands-ducs étaient les premiers à concourir, à la voile, avec les grandes péniches hardiment cambrées ; les simples mortels se contentaient de la rame ; de jeunes officiers s'étaient fait inscrire pour les courses en podoscaphe et en périssoire, courses qui offrent toujours un élément comique en raison des accidents inévitables et du maniement bizarre de la pagaie.

Lorsque la société de la princesse arriva au bord du lac, une foule parée, composée de tout ce que Tsarkoé-Sélo et sa voisine Pavlovsk avaient de plus élégant et de plus riche, se pressait sur les bords de cette immense coupe de cristal.

Pétersbourg et les environs avaient aussi envoyé leur contingent de spectateurs. Les gens du peuple, peu nombreux, se groupaient instinctivement dans les endroits peu favorisés, d'où l'œil n'embrassait qu'une étroite partie du parcours, tandis que la noblesse et la haute finance se rapprochaient de l'embarcadère impérial, où la famille du souverain présidait à ces jeux.

Des tapis et des sièges de velours couvraient le large espace dallé de marbre. Sur les marches énormes qui descendaient jusque dans le lac, s'étageait la gracieuse guirlande des demoiselles d'honneur, des pages, des officiers de service, tous en pimpant uniforme, en fraîche toilette d'été. Les gros généraux massifs soufflaient un peu plus loin sous le poids de l'uniforme trop juste et des lourdes épaulettes.

C'était la cour encore, mais en villégiature, avec une étiquette bien restreinte, la cour, pour ainsi dire, en famille.

Chapitre XII

La princesse Sophie s'était fait garder quelques places non loin de l'embarcadère, et ses amis lui formèrent une garde d'honneur compacte.

Le signal fut donné, les gracieuses embarcations s'élancèrent, les voiles de toutes formes découpèrent sur le ciel des courbes élégantes, puis disparurent derrière l'île qui occupe le milieu du lac. On les aperçut à travers une clairière, puis elles disparurent encore.

Les yeux se fixèrent avec avidité sur la pointe de l'île où devaient apparaître les voiles rivales.

Une péniche blanche sortit la première de la verdure et se dirigea vers le rivage ; par une manœuvre audacieuse, le grand-duc A..., qui tenait la barre, vira de bord presque au ras du cap et obtint une avance considérable sur les autres, qui avaient pris du champ pour doubler la pointe.

Un cri d'admiration partit de toutes les bouches, aussitôt contenu par le respect, et, une demi-minute après, un coup de canon – canon de poche, s'entend, – annonça que le jeune vainqueur recevait, au son des fanfares, le prix de sa hardiesse.

– Ce n'est pas étonnant, grogna un pessimiste, quand on est né grand amiral de Russie...

– Encore faut-il le devenir, répondit un optimiste.

La musique militaire exécuta une marche joyeuse, et la seconde course commença.

Il faisait beau, trop beau, car le soleil, réverbéré sur le miroir du lac, était aveuglant malgré les ombrelles de soie. Dosia seule avait l'air de ne pas s'en apercevoir ; elle absorbait le spectacle qui lui était offert, avec toute l'avidité d'une jeune plante qu'on arrose.

– Je voudrais bien avoir gagné le prix ! dit la jeune fille à la princesse, sa voisine.

– Pour avoir la coupe d'argent ? lui demanda celle-ci.

– Non ; pour avoir eu à donner ce coup de barre ! C'était un joli coup de barre, droit comme un I. Ce doit être amusant : il faudra que j'aie une péniche à la campagne.

– Pourquoi pas un bateau à vapeur ? murmura Pierre à l'oreille de sa cousine.

Celle-ci se retourna, les yeux pleins d'éclairs, et fit un imperceptible mouvement. Certes, trois mois plus tôt, Pierre n'aurait pas évité l'affront d'un soufflet public ; – mais Dosia semblait s'être modérée depuis leur dernière et orageuse entrevue. Il en fut quitte pour la peur, et un petit mouvement de recul qu'il n'avait pu retenir ; – ce que voyant, Dosia se mit à rire, suffisamment vengée.

Les régates se succédèrent et finirent par se terminer à la satisfaction générale. Aussitôt, pendant que la famille impériale retournait au palais, le lac se couvrit de promeneurs ; les embarcations, délaissée pendant l'été, redevenaient à la mode à partir des régates, et l'on se les serait disputées, sans l'extrême courtoisie de ce monde bien élevé.

La princesse se procura pour elle et sa compagnie la grande pirogue, qui contient une douzaine de personnes ; les jeunes gens prirent les rames, la princesse et Dosia les imitèrent, et la joyeuse société se promena bientôt à tort et à travers sur les ondes ridées par une aimable brise.

– Mon Dieu, Pierre, que tu rames mal ! s'écria Dosia impatientée.

S'apercevant que, fidèle à son habitude d'enfance, elle avait tutoyé son cousin, elle se troubla légèrement.

– Que vous ramez donc mal, mon cousin ! reprit-elle en contralto, avec une gravité qui fit rire toute l'assistance.

– Très chère et très honorée cousine, repartit Pierre, tout le monde n'a pas, comme vous, des dispositions aussi brillantes que naturelles pour les exercices spéciaux aux jeunes garçons.

Dosia le regarda de travers, et, remettant la pirogue dans sa route d'un vigoureux coup de rame :

– C'est vrai, dit-elle, j'aurais dû être un garçon ! Comme ç'aurait été amusant ! Quand je pense qu'on m'aurait ordonné tout ce qu'on me défend ! Ça n'est pourtant pas juste !

L'hilarité reprit de plus belle. Malgré un grand mal de tête qu'il avait attrapé à regarder le soleil sur le lac, Platon lui-même ne put réprimer un sourire. Dosia se pencha sur son aviron et fit voler la pirogue de façon à rendre sérieuse la tâche de ceux qui la secondaient.

– Halte ! dit-elle au bout d'un moment.

Et les rameurs se reposèrent sur leurs avirons. Le spectacle qui les environnait était réellement unique. Le chemin de sable qui fait le tour du lac fourmillait littéralement de promeneurs. Tous les bancs étaient occupés. Les toilettes les plus diverses, les teintes les plus douces comme les plus éclatantes ressortaient sous la verdure, déjà légèrement touchée par les premières atteintes de l'automne. L'air était incroyablement pur, et pourtant la mélancolie des premiers brouillards se faisait sentir sous la sérénité de ce jour ensoleillé.

Mais si la princesse et son frère échangèrent un regard où se lisait cette même pensée, Dosia n'était pas à l'âge où l'on pense à l'automne, ni même au lendemain. Elle regardait la rive, le bain turc près duquel la pirogue passait lentement, emportée par la vitesse acquise, les buissons de roses du Bengale, les cascatelles qui alimentent le lac, le joli pont de marbre qui plane au-dessus des misères de ce monde avec sa colonnade rosée et ses balustres à jour, tout cet ensemble gracieux, harmonieux, non dépourvu de grandeur, qui caractérise Tsarkoé-Sélo ; – elle regardait la foule élégante et distinguée, les saluts échangés, les signes d'amitié, les arrêts pour une courte conversation ; – et ses impressions confuses se traduisirent en une seule phrase :

– C'est ça le monde ? c'est joli, je voudrais bien y aller !

– Il faut d'abord être bien élevée à la maison, pour aller dans le monde, lui dit à demi-voix Pierre, qui était assis devant elle.

– Il faut d'abord être bien élevée à la maison, pour aller dans le monde, lui dit à demi-voix Pierre, qui était assis devant elle.

Il s'attendait à une verte réplique ; à son extrême surprise, Dosia poussa un soupir, – un soupir de regret plutôt que de contrition, mais il ne faut pas tout demander à la fois, – et reprit son aviron sans répondre.

– Est-ce vrai, princesse, dit tout à coup la jeune indisciplinée, sans discontinuer son exercice ; est-ce vrai que je suis si mal élevée ?

Elle n'avait pas parlé haut, la princesse était sa voisine, on ne l'avait pas entendue. Sophie lui répondit sur le même ton :

– Non, mon enfant, pas si mal que vous croyez : assez mal, à la vérité.

– C'est dommage... soupira Dosia. Mais est-ce que ça m'empêchera de m'amuser dans le monde ? Vous savez que maman me présente cet hiver ?

– Cela vous empêcherait certainement de vous amuser, si vous ne deviez pas changer ; mais, soyez sans crainte, d'ici à trois mois vous serez beaucoup plus...

– Convenable ! souffla Pierre qui se mit à ramer avec conviction.

Dosia ne releva pas cette nouvelle impertinence, et son cousin commençait à être inquiet de cette réserve inusitée, quand on aborda.

Le débarquement s'opéra sans encombre. Platon, descendu le premier, offrit la main aux dames et les déposa toutes sur le chemin. Dosia seule était restée en arrière avec Mourief, qui retirait une rame de l'eau, non sans quelque difficulté, car, n'étant pas né amiral, lui, il la soulevait par le plat au lieu de la retirer par le travers.

– Savez-vous nager, mon cousin ? lui dit-elle tout doucement, en retenant de la main gauche les plis de sa robe.

– Mais oui, ma cousine.

– Eh bien, nagez maintenant ! s'écria-t-elle en franchissant d'un bond le bord de la pirogue sans toucher à la main que lui offrait Platon.

Elle se retourna avec un mouvement de chat qui court après sa queue et repoussa vivement la pirogue loin du rivage.

Pierre avait roulé au fond de la frêle embarcation, et, n'était le mouvement instinctif qui l'avait fait se cramponner au banc, il eût passé par-dessus bord. Sans se troubler, il se releva et chercha les avirons, mais n'en trouva qu'un : les autres avaient été remis au matelot de service et gisaient sur l'embarcadère.

Il se croisa les bras et regarda dédaigneusement le rivage.

– Eh bien ! lui cria Platon, est-ce que tu vas passer la nuit sur le lac ? Veux-tu une mandoline ?

– Envoie-moi plutôt un remorqueur, lui cria Pierre, qui leva en signe de détresse son unique aviron.

Dosia, la tête un peu de côté, contemplait son ouvrage avec une satisfaction évidente. La princesse était contrariée ; les autres riaient de bon cœur.

Platon regardait Dosia, et la conviction pénétrait en lui, de plus en plus profonde, que Pierre n'avait rien caché, et que cette enfant n'était qu'une enfant.

– Il n'est pas possible qu'elle joue ainsi avec un homme qui aurait fait battre son cœur, se disait-il ; ce serait le dernier degré de l'impudence !

Et une satisfaction réelle entra en lui, absorbant peu à peu son mal de tête. À mesure que ses doutes s'évaporaient, sa souffrance diminuait, et il se sentit soudain léger comme une plume.

Il n'y avait aucune barque disponible pour remorquer le promeneur solitaire, qu'un courant presque insensible emportait vers l'île, – déserte, hélas ! – lorsque fort heureusement un podoscaphe monté par un de ses camarades de régiment vint le reconnaître.

– Es-tu un navigateur audacieux ou une simple épave ? demanda le nouveau venu.

– Tout ce qu'il y a de plus épave, mon cher. Ramène-moi au rivage, il y a une récompense.

– Comme pour les chiens perdus, alors ? s'écria le joyeux officier. Tiens, prends le bout de mon mouchoir de poche ; je te remorque.

Ils arrivèrent ainsi au débarcadère, non sans une série de fausses manœuvres qui firent la joie des assistants.

En touchant le sol, Pierre salua sa cousine avec toute la reconnaissance qui lui était due.

– Bah ! lui dit celle-ci en haussant les épaules, qu'est-ce que cela prouve ?

– En effet, répliqua Mourief, je me demande ce que cela prouve !

– Cela prouve que vous ne savez pas vous tirer d'affaire. On se jette à l'eau, on nage d'un bras, et l'on ramène son embarcation.

– Grand merci, cousine ! c'est bon pour vous, ces amusements-là ! Je n'ai pas de goût pour les bains forcés, repartit le jeune homme, piqué de ce dédain.

– Voyons, enfants, faites la paix, dit la princesse ; faut-il qu'on soit toujours à vous réconcilier.

– Oh ! nous réconcilier ! c'est impossible, s'écria Dosia. Nous somme brouillés de naissance. Nous n'avons jamais pu nous entendre...

Un éclair de malice glissa obliquement des yeux de Pierre à ceux de sa cousine, qui rougit soudain et se hâta d'ajouter avec l'honnêteté de sa nature hostile au mensonge :

– Nous entendre pour longtemps !

Et Platon sentit son mal de tête revenir avec une nouvelle violence.

Chapitre XIII

On avait dîné depuis une heure, et les conversations languissaient ; la princesse proposa de retourner au parc, son offre fut acceptée avec empressement. Les dames qui étaient venues de Pétersbourg furent reconduites jusqu'au chemin de fer, et les quatre promeneurs, livrés à leurs propre ressources, se dirigèrent vers les grands tilleuls qui sentent si bon au mois de juillet, et dont l'ombre est si douce les soirs d'été.

Platon marchait devant, à côté de Dosia ; celle-ci trouvait toujours moyen de se tenir le plus loin possible de son cousin, que pour l'heure elle détestait cordialement.

– Mademoiselle Théodosie, dit le jeune capitaine, comment trouvez-vous notre Tsarkoé ?

– Charmant, répondit la jeune fille ; mais, si vous ne voulez pas que je modifie mon opinion, ne m'appelez pas Théodosie. Ce n'est pas ma faute si j'ai reçu ce vilain nom au baptême, et je ne vois pas pourquoi c'est moi qui serais punie d'une faute qui n'est pas la mienne.

– Ce n'est pas un vilain nom, répliqua poliment Platon.

– C'est un nom de femme de chambre. Enfin, je n'y puis rien. Appelez-moi Dosia.

– Eh bien ! mademoiselle Dosia, vous plaisez-vous ici ?

La jeune émancipée hésita un instant.

– Oui... non, répondit-elle enfin ; – décidément non : il n'y a pas assez de liberté.

– Et vous voulez aller dans le monde ! C'est bien pis !

– Vous croyez ? Mais il y a des compensations ?

– Bien peu ! vous le verrez vous-même. D'ailleurs, j'ai tort de vous enlever vos illusions d'avance ; vous les perdrez assez vite quand le moment en sera venu.

– C'est ce que me disait ma gouvernante anglaise... Vous savez que j'ai eu une gouvernante anglaise ?

– Je l'ignorais. Que vous disait cette demoiselle ?

– Oh ! ma chère miss Bucky ! je n'ai jamais rien vu de plus drôle ! Imaginez-vous, monsieur Platon, une longue perche, sèche, anguleuse, avec des robes neuves qui avaient l'air d'être vieilles, des cheveux qu'elle faisait onduler de force et qui désondulaient sur-le-champ, de longues oreilles rouges avec de longues boucles d'oreilles en lave du Vésuve, – et de longues dents blanches, encore plus longues que ses boucles d'oreilles. Ma chère miss Bucky, je l'ai adorée !

– Longtemps ?

– Deux étés. Maman la prenait pour l'été. Elle devait nous enseigner l'anglais, pour la conversation, vous savez ? mais comme elle avait pour idée fixe d'apprendre le français, au lieu de nous enseigner l'anglais, je lui ai appris la langue des diplomates.

– A-t-elle fait des progrès, au moins ?

– Immenses, répondit Dosia avec un joli éclat de rire.

– Que lui avez-vous appris spécialement ?

– Des chansons que ma gouvernante française m'avait laissées : le *Petit Chaperon rouge*, *Maître Corbeau* et le *Petit Oiseau*. – Mais j'avais changé les airs : elle chantait *Petit Oiseau* sur l'air de *Maître Corbeau*, avec des yeux levés au ciel et une expression sentimentale... C'était bien amusant !

Dosia fit entendre le petit rire contenu qui était chez elle l'indice d'une joie délirante.

– Je vois bien ce que miss Bucky a appris chez vous, dit Platon en souriant, mais je ne saisis pas ce qu'elle vous a enseigné ?

– Oh ! reprit Dosia devenue sérieuse, bien des choses ! La Ballade de sir Robin Gray, l'art de faire des paysages avec de la sauce et une estompe..., vous savez ? on barbouille tout le papier, et puis on enlève les blancs avec de la mie de pain. Il n'y a rien de plus drôle.

– Et puis ?

– Et puis la morale et la philosophie, et les synonymes anglais. Voilà !

– C'est quelque chose, répondit Platon en s'efforçant de garder son sérieux. Et à votre gouvernante française, que lui devez-vous ?

– Celle-là, répondit Dosia en secouant la tête d'un air capable, c'était une révolutionnaire. Elle m'a enseigné l'histoire, la broderie sur filet, – mais j'aime mieux la tapisserie, c'est plus amusant, – les vers de Victor Hugo et les principes immortels de 89. Ça, je l'ai compris tout de suite. Nous avons lu les *Girondins*. J'ai pleuré. C'était superbe. Je ne rêvais plus que déesse de la liberté, bonnet rouge et révolution. – Elle faisait aussi très bien les conserves et n'avait pas sa pareille pour amidonner le linge fin. Mais je ne l'ai pas eue très longtemps ; maman a prétendu qu'elle me rendait intraitable.

– Comment cela ?

– Vous comprenez que, d'après nos principes, quand maman me défendait quelque chose sans m'expliquer pourquoi, naturellement je faisais ce qu'elle m'avait défendu ; de là des orages.

– Et votre gouvernante, que disait-elle alors ? fit Platon.

– Elle me disait qu'il fallait obéir à maman, que les enfants doivent la soumission absolue à leurs parents et à leurs instituteurs ; et quand je lui résistais, elle me mettait en pénitence. Alors je me suis dit qu'il y a évidemment principes et principes ; il y en a qui sont bons pour les gouvernants et d'autres qui sont meilleurs pour les gouvernés, et j'ai pensé que lorsque ce serait à mon tour d'être dans les gouvernants, ce serait beaucoup plus agréable.

– Parfait ! conclut Platon.

– Aussi, depuis ce temps-là, je n'aime pas les théories ; sur le papier ça fait très bien, mais quand on a une élève têtue, il n'y a pas de principes immortels qui tiennent, on la met en pénitence.

– Bravo ! dit Platon ; voilà un raisonnement pratique. Avez-vous eu longtemps votre révolutionnaire ?

– Deux ans, et je l'ai bien regrettée. C'était pourtant la meilleure de nos gouvernantes. Elle était si bonne quand ses théories lui étaient sorties de la tête ! Je crois qu'elle était un peu...

Dosia frappa légèrement son joli front du bout de son index et prit un air entendu.

– Mais, reprit-elle avec vivacité, c'était une personne admirable ! Elle avait un cœur généreux, une charité sans bornes ; elle donnait tout ce qu'elle possédait à nos pauvres paysans, qui n'étaient pourtant ni de son pays ni dans ses principes. Je l'aimais bien mieux que la gouvernante allemande qui lui a succédé.

Chapitre XIII

Platon s'amusait fort de ce bavardage ; il se retourna ; derrière lui, sa sœur et Pierre marchaient d'un pas régulier, assez rapide, et causaient avec animation. Il revint à Dosia, qui méditait.

– À quoi pensez-vous ? lui dit-il doucement.

– Je pensais à ma gouvernante allemande. Elle était bien drôle, allez ! Elle avait sa grande bouche toute pleine de beaux *Wallenstein, Die Rœber, Ich habe genossen das erdische Glück* ; tout y passait. Elle me faisait jouer du Schumann à quatre mains, ça m'ennuyait horriblement ; – et puis, quand il s'est agi de compter avec maman, elle s'est montrée aussi intéressée qu'un vieux juif. C'est ça qui m'a fait souvenir de la soupe de myosotis !

– Quel est le potage que vous désignez sous ce nom ? fit Platon quelque peu surpris.

– Comment, vous ne savez pas ? On voit bien que vous n'avez pas eu de gouvernante allemande ! fit Dosia avec un petit éclat de rire. Les belles paroles, les belles pensées, – les grandes, celles qui viennent du cœur, ajouta-t-elle en clignant de l'œil avec une indicible raillerie, – l'éther et les étoiles, et les anges qui emportent les âmes, les désillusions et les enchantements, l'idéal du devoir, le désintéressement des biens de ce monde, l'abnégation du *moi*, et le revoir dans une vie meilleure, et les lotus au bord du Gange... Ouf ! !

Dosia termina cette nomenclature par un soupir et ajouta tranquillement :

– Tout ça, c'est de la soupe de myosotis.

– Je comprends ! dit Platon. Vous avez une limpidité d'élocution qui ne laisse pas de place à l'erreur.

Dosia le regarda un instant, prête à se fâcher de la raillerie, puis elle sourit d'un air content.

– La meilleure de toutes, reprit-elle, a été ma gouvernante russe : mais je ne l'ai eue que trois jours. Elle portait les cheveux courts, elle avait des lunettes bleues, et elle était nihiliste. Quand maman a vu apparaître sur la table d'études : « Force et matière », vous savez ? elle lui a dit tout doucement de sa voix fatiguée :

– Mademoiselle, vous pouvez faire vos malles.

Et les lunettes bleues ont disparu pour jamais de notre horizon.

– Vous avez eu une éducation assez variée, à ce que je vois, dit Platon, non sans quelque pitié pour cette vive intelligence si mal cultivée.

– Oui... mais cela ne m'a pas fait de mal ; j'ai appris à juger les choses !...

Cette idée parut si bizarre au jeune capitaine, que, pris d'un fou rire, il s'arrêta et s'assit sur un banc. Dosia, peu flattée, mit ses deux mains mignonnes derrière son dos et pencha un peu la tête de côté pour lire sur le visage de cet interlocuteur trop gai.

Pierre et Sophie s'approchèrent aussitôt, prêts à partager l'hilarité du jeune homme. Mourief n'eut pas besoin d'explication : l'attitude de sa cousine lui parut suffisamment éloquente.

– Dosia a dit une bêtise ! fit-il d'un air charmé. Enfin ! j'attendais ça depuis ce matin.

La riposte de Dosia partit comme un coup de pistolet.

– On n'attend pas les tiennes si longtemps !

– Bravo ! s'écria Platon, lorsque, non sans peine, il eut repris son sérieux. Tu est touché, Pierre.

Celui-ci s'inclinait gravement, chapeau bas.

– J'ai trouvé mon maître ! dit-il à Dosia. Très honorée cousine, à partir de ce jour je dépose les armes devant vous. Je ne suis pas de force. Vous m'avez trop malmené depuis midi...

– C'est bien ! fit Dosia en levant la tête d'un air de reine. Vous avez grandement raison : cette conduite indique chez mon cousin une crainte salutaire, qui est le commencement de la sagesse.

Ils étaient dans un espace découvert, au bord du lac, non loin de l'endroit où ils avaient vu les régates ; la lune s'était levée et les éclairait d'une lumière blanche si intense, qu'elle faisait mal aux yeux sur le gravier blanc.

– Quelle belle soirée ! murmura la princesse en s'asseyant auprès de son frère.

– Un temps fait à souhait pour les amoureux ! répondit Platon. Nous autres profanes, nous devrions rester chez nous, indignes que nous sommes.

Son œil glissait sur Dosia, épiant l'effet de ces paroles. Mais la jeune fille, le nez en l'air, étudiait sérieusement les taches de la reine des nuits.

– Où est le temps, soupira-t-elle, où je croyais à l'homme dans la lune ? C'était le bon temps.

– Quel âge pouviez-vous avoir ?

– Neuf ans.

La société se remit à rire ; mais Dosia n'était pas d'humeur à s'en formaliser ce jour-là.

– Oui, reprit-elle, c'était le temps où mon père m'apprenait à monter à cheval sur son beau Négro, qu'il avait ramené du Caucase ; un cheval qui avait appartenu à une princesse géorgienne, et qui ramassait un mouchoir jeté à terre sans interrompre son galop. La belle et bonne bête ! Je n'ai jamais été si heureuse. Nous nous promenions à cheval le soir, papa et moi, et nous regardions la lune. Papa me disait qu'il y avait une porte et que de temps en temps l'homme de la lune l'ouvrait pour voir ce que nous faisions. Mon Dieu ! que de fois, en marchant dans nos allées, je suis tombée à quatre pattes pour avoir regardé en l'air !

– Que d'autres ont fait comme vous ! dit Platon à demi-voix, presque pour lui seul.

Dosia le regarda ; son visage enfantin changea d'expression, et elle répondit soudain d'une voix plus grave :

– Il est beau de tomber pour avoir trop regardé le ciel.

Platon, surpris, leva les yeux à son tour ; le visage de Dosia, sérieux et doux, lui parut transfiguré.

– Le croyez-vous ? dit-il sans élever la voix.

Sa sœur expliquait à Mourief un mécanisme très compliqué de batteuse automobile pour les travaux des champs.

– Mon père me le disait, et j'ai toujours cru aveuglément à ce que me disait mon père, répondit la jeune fille. Il m'a répété cent fois : Ne te laisse jamais décourager par les obstacles ; ne t'arrête jamais à une pensée mesquine ; lève toujours les yeux plus haut...

– Votre père était un homme de bien, repartit Platon.

Dosia posa doucement sa main gantée sur la main du jeune homme et la pressa fortement comme pour lui dire merci.

Ils restèrent silencieux pendant un moment.

– Je parle bien rarement de mon père, reprit Dosia très bas. À la maison, je n'ose pas... ma mère se met à pleurer... mes sœurs ne s'en soucient pas... J'étais sa Benjamine...

– Nous parlerons de lui tant que vous voudrez, répondit Platon. Je serai heureux de connaître un homme de cœur par la trace qu'il a laissée dans la mémoire de son enfant préférée.

Ils s'enfoncèrent dans les souvenirs de Dosia.

Pendant ce temps, Pierre était le plus heureux des hommes. Assis auprès de la princesse, il l'écoutait décrire les machines de son exploitation agricole, et le nombre des vis et des boulons prenait pour lui une importance extraordinaire.

Il était pénétré d'admiration pour ces belles vis et ces heureux boulons qui tenaient les pièces ingénieuses de ces superbes machines. Il se sentait fondre de tendresse à l'idée que ces chefs-d'œuvre de l'industrie avaient l'inestimable bonheur de fonctionner sous les yeux de la princesse quand elle allait dans ses domaines ; et soudain l'idée qu'elle allait partir pour un de ces voyages vint le glacer.

– Partez-vous bientôt ? dit-il au milieu de la description d'un système de ventilation perfectionné.

– Dans cinq jours. Je ramènerai votre cousine chez sa mère et, de là, j'irai dans mon bien.

– Pour longtemps ? demanda Pierre consterné.

– Pour un mois.

– Un mois ? Mon Dieu ! que ferai-je pendant tout ce temps-là ?

– Que faisiez-vous au temps chaud ? dit la princesse avec une douce raillerie.

– Dans ce temps-là, répondit Pierre, je ne vous connaissais pas ; je n'étais bon à rien.

– Je vous laisserai des livres...

La voix de la princesse avait imperceptiblement baissé pour dire ces mots... Le silence régna un moment sur le banc.

– Il est tard ! dit tout à coup la princesse. Allons ! messieurs, il est temps de rentrer.

Les jeunes gens accompagnèrent les dames jusqu'au logis de Sophie. On prit gaiement une tasse de thé, et l'on se sépara.

– Platon, dit tout à coup Pierre pendant qu'ils regagnaient la caserne, ta sœur est admirable. Je n'ai jamais vu de femme pareille, si sensée, si pratique et si bonne.

– Il n'y en a qu'une au monde, répondit Platon en souriant, comme il n'y a qu'une Dosia Zaptine. Seulement, ma sœur n'a pas de prophète, elle n'a que des adorateurs.

Pierre baissa la tête comme s'il avait reçu une semonce et ne dit plus rien.

Chapitre XIV

Quelques jours après, la dormeuse de la princesse déposait les deux voyageuses sur ce fameux perron où Pierre avait ramené Dosia à sa famille ébahie.

La même famille, parfaitement calme cette fois, leur souhaita la bienvenue, et la princesse Sophie se trouva, cinq minutes après, assise devant une tasse de thé.

– Vous a-t-elle donné bien du mal ? demanda timidement la bonne madame Zaptine, sans désigner autrement sa fille.

Celle-ci, dans une tenue irréprochable, dégustait le thé maternel avec une visible satisfaction.

– Mais, chère madame, elle ne m'a pas donné de mal du tout ! répondit Sophie.

Une rougeur de plaisir couvrit le visage de Dosia. Mais elle garda le silence.

– Est-il possible ? soupira madame Zaptine. Ici, nous ne savons qu'en faire !

Une seconde couche de rouge monta aux joues de la jeune indisciplinée, et la satisfaction disparut de ses yeux.

– Je crois, dit la princesse avec douceur, que le système d'éducation que vous avez employé avec elle n'était pas tout à fait celui qui lui convenait...

Madame Zaptine leva les yeux et les mains au ciel.

– Je n'ai employé aucun système, dit-elle avec douleur. Je n'ai pas cela à me reprocher.

– Précisément, répondit Sophie sans rire ; je crois qu'un système bien ordonné, approprié à son caractère et à ses facultés...

– Mon mari avait horreur des systèmes, répondit madame Zaptine en portant son mouchoir à ses yeux. C'est lui qui a commencé l'éducation de cette malheureuse enfant... Que n'a-t-il vécu pour achever son œuvre ?

La princesse vit que cette oreille-là était inabordable. Dosia n'avait pas l'air content ; Sophie se décida à employer les grands moyens.

– Je pars demain, dit-elle ; on prétend que la nuit porte conseil : chère madame, méditez donc cette nuit la proposition que je vais vous faire, et donnez-moi réponse demain matin. Voulez-vous me confier Dosia pour cet hiver ? Je me charge d'elle jusqu'au moment où, comme à l'ordinaire, vous viendrez passer trois mois à Pétersbourg. Vous la présenterez alors dans le monde...

Dosia quitta brusquement sa chaise, non sans la jeter par terre, et se précipita au cou de la princesse, pendant qu'un déluge de thé à la crème se répandait sur la table autour de la tasse renversée.

Toutes les sœurs poussèrent une exclamation d'horreur.

– Vous voyez, princesse ! dit piteusement madame Zaptine.

Sophie ne put s'empêcher de rire.

– C'est un détail, fit-elle en retenant Dosia et en la faisant asseoir près d'elle ; nous changerons tout cela. Je n'ai pas la prétention de remplacer une mère de famille émérite...

– Moi non plus, murmura madame Zaptine.

– Mais, continue la princesse, je suis sûre que Dosia deviendrait parfaite si vous vouliez bien me la confier. Elle a passé six jours chez moi, et elle n'a rien cassé, rien renversé.

– C'est l'air de notre maison qui l'inspire, dit aigrement une sœur aînée.

Dosia était la beauté de la famille, ce qui ne la faisait pas chérir du clan des filles à marier. Elle allait répliquer : sa bonne amie la princesse posa un doigt sur ses lèvres en la regardant. Dosia sourit et se tut, – ce qui ne l'empêcha pas de tirer un petit bout de langue à ses sœurs dès que la princesse eut détourné les yeux.

Madame Zaptine passa une nuit sans sommeil. La perspective de voir Dosia parfaite était bien séduisante, mais la délicatesse de la bonne dame répugnait à donner à la princesse une tâche qui lui paraissait la plus rude des corvées.

Le matin, elle s'en expliqua avec Sophie, qui calma ses scrupules en lui promettant de lui renvoyer sa fille à la première incartade.

Ce grand point obtenu, la princesse eut encore à négocier avec Dosia. Elle s'efforça de lui inculquer un esprit de concorde et de charité à l'égard de ses sœurs, mais elle s'arrêta bientôt, et se borna à exiger de Dosia sa parole d'honneur « de ne pas commencer ». La jeune indisciplinée promit et tint parole, mais non sans peine.

Chapitre XV

L'automne était venu ; malgré les efforts des jardiniers, les feuilles mortes, éparpillées par les vents d'octobre, couvraient le lac de taches jaunes et rousses ; Tsarkoé-Sélo était presque désert ; les fonctionnaires attachés à la cour continuaient seuls à loger dans les maisons de bois, si riantes en été avec leurs péristyle de verdure, si tristes, quand vient l'hiver, avec leur mobilier de perse dont les fleurs bigarrées semblent grelotter sous la bise qui se glisse par les portes mal jointes.

À son retour, la princesse fixa ses pénates à Pétersbourg. Platon trouva un moment pour aller la voir, mais Mourief n'osa pas accompagner son ami. La liberté, le désœuvrement de la vie d'été avaient pu autoriser de fréquentes entrevues ; mais, en ville, la princesse, absorbée par ses relations, ses devoirs mondains, verrait-elle du même œil les visites du jeune officier ?...

S'examinant à la loupe, Pierre se trouvait laid, gauche, bête, ignorant, et se demandait comment une personne aussi distinguée que la princesse Sophie avait pu supporter sa conversation.

Le régiment reprit enfin ses casernements d'hiver, et Pierre, revenu au sein de sa famille, après avoir hésité pendant quarante-huit heures, franchit pourtant le Rubicon et se rendit chez la princesse Sophie, par une après-midi pluvieuse, afin de la trouver plus sûrement chez elle.

Quatre heures venaient de sonner. Un piano, vigoureusement attaqué, jetait des bouffées de musique dans l'escalier. Pierre se présenta, un peu pâle, le cœur battant très fort. La princesse recevait, – il entra.

Au fond du grand salon, presque entièrement sombre, car on

approchait des jours les plus courts de l'année, deux dames jouaient à quatre mains.

Le piano s'arrêta, la princesse se leva et vint au-devant de son visiteur. Celui-ci, plus troublé qu'il ne convient à un officier de cavalerie, – dans la garde encore ! – s'inclina sur la belle main qu'il baisa avec une ardeur comprimée, et se trouva assis auprès de son hôtesse devant une petite table ovale. On apporta une lampe dont l'épais abat-jour rabattait la lumière en un cercle étroit sur la table.

La dame restée au piano n'avait pas bougé. Sa présence embarrassait le jeune homme ; il ne savait pas ce qu'il pouvait ou ne pouvait pas dire ; trop d'idées confuses se heurtaient en lui ; le besoin de sauver les apparences était ce qui surnageait le mieux dans l'océan de perplexités qui l'envahissait. Il parla, à tort et à travers, de l'Opéra italien, du théâtre Michel, de mademoiselle Delaporte et de madame Pasca, se proclama amoureux d'une étoile de septième grandeur apparue depuis huit jours au ciel du ballet, et que, par parenthèse, il n'avait pas vue.

La princesse, souriant un peu, les mains placidement croisées sur ses genoux, la tête légèrement inclinée en avant, l'écoutait avec bonté, lui tendant la perche lorsqu'elle le voyait prêt à sombrer, et, ô mortification ! n'ayant pas l'air de croire un mot de ce qu'il lui disait.

Un silence se fit. Pierre était à bout de ressources. La dame assise au piano derrière lui, qui n'avait pas bougé, semblait la personnification du reproche.

– Est-ce que tu ne vas pas bientôt t'en aller ? lui disait cette présence impitoyable.

Le malheureux jeune homme ramena ses éperons sous sa chaise, prêt à partir ; – il n'y avait pas six minutes et demie qu'il était entré, il avait dit au moins vingt bêtises, et il le sentait d'une façon abominablement claire...

Une aiguë du piano grinça tout à coup bruyamment, sous un coup sec du doigt de la dame muette, donnant un *la* fantastique à la troupe de farfadets qui persécutait Mourief.

Le jeune homme sursauta, saisit sa casquette blanche et fit le mouvement de se lever... La princesse, son mouchoir sur la bouche, était prise d'un accès de fou rire : jamais Pierre ne l'avait vue ainsi ;

– il s'arrêta à moitié fou, halluciné, se demandant si c'était lui ou Sophie qui perdait la tête.

La dame du piano se leva lentement, émergea de derrière le jeune officier, et vint se planter en face de lui sous la lumière de la lampe. La princesse riait toujours, et deux larmes provoquées par un rire irrésistible coulaient sur ses joues.

– Dosia ?... s'écria Mourief absolument terrifié. C'est un rêve !

– Dites un songe, mon cousin !

« *Je l'évite partout, partout il me poursuit.* »

– En français, continua-t-elle, ça s'appelle même un cauchemar ; mais pas dans les tragédies, parce que le mot n'est pas assez noble. C'est un mot mal vu, un mot plébéien, vous comprenez ?

Pierre, ahuri, fit un signe de tête affirmatif.

– Et vous êtes ici ? dit-il en essayant de reprendre un peu d'aplomb.

– Mais, comme vous pouvez vous en apercevoir, mon cher cousin.

La princesse avait repris un peu de sang-froid, mais cette réponse la rejeta au fond de son canapé, riant aux larmes et n'essayant plus de se retenir.

– Pour longtemps ?

– Tout l'hiver, mon cousin, pour vous servir ! répondit gravement Dosia en ébauchant une révérence à la paysanne.

– Je... je vous en félicite ; j'en suis charmé, balbutia Pierre en s'inclinant.

– Ça n'est pas vrai, fit Dosia en secouant sentencieusement la tête et l'index de sa main droite ; mais c'est toujours bon à dire. J'excuse votre mensonge en faveur de la politesse de votre intention.

Et elle s'assit en face de lui.

– Rasseyez-vous, monsieur Mourief, dit la princesse qui avait enfin recouvré la parole. Il ne faut pas que cette petite fille puisse se vanter de vous avoir mis en déroute.

En effet, Pierre battait en retraite ; sur l'invitation de la princesse il se rassit et recommença à dire des bêtises, mais, cette fois, absolument sans conviction. Au bout de vingt paroles, il s'arrêta net, piteux et effaré.

– Vous pataugez, mon cousin, c'est incontestable, dit Dosia d'un ton modeste ; j'attribue cet événement à la joie délirante que vous cause ma présence inattendue, et je me retire.

Elle s'était levée.

– Vous voudrez bien remarquer, ajouta-t-elle, que je parle un français extrêmement classique, que tout adjectif est accompagné de son substantif, et réciproquement. C'est à la princesse Sophie qu'est dû cet heureux changement. Puisse cette fée bienfaisante, en vous touchant de sa baguette, remettre un peu d'ordre dans vos idées grammaticales – et autres, – qui me paraissent en avoir singulièrement besoin !

Elle sortit, non en courant, mais en glissant sur le parquet avec la rapidité silencieuse d'un sylphe. Pierre la suivit des yeux, s'assura que la porte était refermée sur elle et poussa un soupir.

– Chagrin ? lui dit doucement la princesse, avec un peu de malice.

– Soulagement ! répondit le jeune homme avec élan. Elle me produit un effet très singulier ! tant qu'elle est là, il me semble être une cible et avoir en face de moi la compagnie prête à tirer.

– C'est bien un peu cela, repartit la princesse en souriant. Mais pourquoi la taquinez-vous ?

– Ah ! cette fois, princesse, je vous prends à témoin que ce n'est pas moi...

Sophie sourit d'un air si plein de bonté, de tendresse maternelle, que Pierre, ébloui, la regarda plus longtemps qu'il ne convenait. Elle n'en paru pas choquée.

– Causons maintenant, reprit-elle. Tout ce que vous m'avez dit jusqu'ici ne compte pas. Supposons que vous ne faites que d'entrer. Avez-vous vu mes livres ?

Pierre resta encore une demi-heure chez la princesse, et trouva moyen de faire oublier toute les bêtises qu'il avait débitées.

Il eut du mérite, car ce n'était pas facile.

Le lendemain, en rencontrant son ami Sourof, Pierre Mourief l'arrêta au passage.

– Traître à l'amitié ! lui dit-il, moitié sérieux, moitié plaisant, pourquoi m'as-tu caché que Dosia était chez ta sœur ?

– Nous voulions te réserver le plaisir de la surprise.

Pierre secoua doucement la tête.

– Cela ne t'a pas fait plaisir ? fit Platon d'un air innocent.

– Tu sais que nous ne pouvons pas nous souffrir !

– Je voudrais bien en être sûr, grommela le jeune sage.

Mourief le regardait, les yeux ronds d'étonnement.

– C'est donc une vérité d'Évangile ? reprit Platon en s'efforçant de sourire.

– Absolument ! répondit Pierre avec feu.

– Allons, tant mieux ! vous n'êtes pas faits l'un pour l'autre.

– Oh ! non !... soupira Mourief d'un ton apaisé, et j'en bénis le ciel à tous les instants de ma vie.

Chapitre XVI

Mourief, absolument séduit, voyait la princesse presque tous les jours. Dosia ne le gênait plus. Du reste, le plus souvent il était accompagné par Platon dans ses visites du soir, et la jeune fille n'accordait plus à son cousin que des malices passagères, bien que lancées d'une main sûre.

Dosia faisait le thé et ne renversait plus rien. Dans les commencements, il y eut bien quelques petits accidents ; mais au bout de quinze jours elle accomplissait ses fonctions en maîtresse de maison émérite. Les tartines de beurre causèrent quelques entailles dans ses jolis doigts, puis elle devint aussi habile à cet exercice que la femme de charge elle-même.

Platon faisait beaucoup causer la rebelle devenue soumise. Il la grondait, et elle recevait ses admonestations avec la douceur d'une colombe.

Un soir, seul avec elle dans la salle à manger, il la chapitrait d'importance avec une sorte d'irritation secrète qui lui venait parfois lorsque Dosia, muette et soumise, écoutait ses reproches avec un recueillement tranquille, avec une sorte de joie apaisée ; il avait alors envie de la blesser, de la secouer comme un gamin irrévérencieux. Que pouvait-il reprendre à sa conduite, pourtant ? La tenue de la délinquante était irréprochable ! Mû par une colère sourde à la vue de ce visage rose, presque souriant :

– Ce n'est pas pour vous faire plaisir que je dis cela ! fit-il un peu rudement.

Le visage de la jeune fille se tourna vers lui, doux et lumineux :

– J'aime quand vous me grondez... dit-elle d'une voix extraordinairement harmonieuse.

– C'est pour cela que vous faites tant de...

Platon s'arrêta ; il sentait qu'il allait trop loin, que rien ne justifiait son agression.

– Non... c'est que vos gronderies sont la preuve que vous vous intéressez à moi, reprit Dosia avec une candeur qui désarma le censeur farouche ; depuis que j'ai perdu mon père, personne ne m'aime assez pour me gronder... La princesse et vous, seuls, avez ce courage... Je sens ce que vous faites ; oh ! oui, je le sens... et je vous en remercie.

Elle fondit en larmes et n'acheva pas sa phrase. Un mouvement dans l'air qui l'environnait, un frôlement de soie et le frémissement du rideau qui retombait sur la porte indiquèrent à Platon qu'elle avait disparu.

Le jeune capitaine resta troublé. Certes, il s'intéressait à elle ! Oui, il l'aimait assez pour la vouloir parfaite, pour la corriger... il l'aimait assez pour la vouloir aimée et respectée de tous !

L'ombre de Pierre Mourief parut dans la porte ; – elle était déjà dans la pensée de son ami.

La princesse entrait avec lui pour le thé.

Dosia reparut presque aussitôt, et prit sa place devant le plateau chargé de tasses. Ses yeux brillaient d'un feu adouci ; une légère teinte de rose plus accentuée sur les pommettes indiquait son émotion récente.

Elle combla la princesse de prévenances et de câlineries pendant le cours de la soirée, évitant même de regarder du côté de Platon. Mais celui-ci sentit jusqu'au fond de son âme ces caresses et ces expressions de tendresse reconnaissante qui s'épuraient en passant par sa sœur avant d'arriver jusqu'à lui... Et ce soir-là il fut presque maussade avec Mourief.

– Qu'est-ce que je t'ai fait ? lui demanda celui-ci en le quittant dans la rue.

– Tu m'ennuies avec tes questions, répondit Platon. Est-ce qu'on n'a plus le droit d'être de mauvaise humeur ?...

Se repentant aussitôt de sa boutade, il tendit la main au jeune homme.

– Excuse-moi, dit-il ; c'est une de mes lunes. Tu sais que je suis quinteux...

– Bon ! bon ! répondit l'excellent garçon, j'avais peur de t'avoir blessé sans m'en douter...

– Non, sois tranquille ; si j'avais quelque chose à te reprocher...

– Le fait est que tu t'y entends ! Cette pauvre Dosia... tu n'y vas pas de main morte à la chapitrer !

Platon lui tourna le dos et partit à grands pas.

Mourief pensa que son ami devenait de plus en plus quinteux ; mais puis qu'il était comme cela, il n'y avait rien à faire.

Et il alla se coucher.

Chapitre XVII

– Nous organisons une fête superbe au Patinage anglais, dit un soir Mourief à la princesse : la famille impériale doit s'y rendre, il paraît que ce sera très brillant ; n'y viendrez-vous pas ?

La princesse sourit.

– J'ai renoncé aux pompes de Satan, dit-elle...

– Mais moi, fit Dosia dans le canapé, tout contre sa bonne amie, en se pelotonnant avec une grâce de jeune chat, je n'ai renoncé à rien du tout !

– Au contraire, murmura son cousin.

Elle le menaça du doigt sans mot dire. Il s'inclina en forme d'excuse muette ; elle reprit :

– Donc, n'ayant renoncé à rien, je puis aspirer à tout, n'est-il pas vrai ?

On souriait autour d'elle ; c'était encourageant, elle continua.

– Et je voudrais bien assister à votre fête, messieurs les membres du patinage. Que faut-il faire pour cela ?

Pierre tira lentement de sa poche une enveloppe carrée et la passa devant le nez mignon de sa cousine.

– Donne, donne, s'écria Dosia.

Mais Pierre avait trop bien cultivé l'habitude de la taquiner pour lui céder sans conteste : élevant l'enveloppe bien haut, au-dessus de sa tête, il la croyait à l'abri des mains agiles qui la convoitaient... Dosia bondit sur une chaise, lui arracha le papier et redescendit à terre avant que la princesse ou même Platon, toujours censeur sévère, eussent eu le temps de se récrier.

– Mademoiselle Dosia Zaptine, lut-elle. Que c'est joli sur une enveloppe ! J'aime à recevoir des lettres, c'est amusant ! Je voudrais en recevoir tous les jours.

– Que faudrait-il vous écrire ? dit Pierre d'un ton railleur.

– Tout ce que vous voudrez, rien du tout. C'est pour le plaisir de lire mon nom sur l'enveloppe.

– Je te conseille, dit la princesse, de t'adresser des billets à toi-même avec une feuille de papier blanc pliée en quatre...

– Oh non ! fit Dosia, ce ne serait pas l'imprévu ; et c'est l'imprévu que j'aime, alors même qu'il n'a pas de conséquences.

– Vous aimez beaucoup, je le vois, les choses sans conséquences, grommela Platon dans sa moustache.

Dosia se tourna lentement vers lui d'un air étonné, puis soudain, devenue grave, elle posa l'enveloppe sur la table sans l'ouvrir.

– Eh bien ! cette curiosité, qu'en faisons-nous ? lui dit la princesse avec bonté, voulant pallier ce que les paroles de son frère avaient eu de blessant.

Dosia, les yeux toujours baissés, reprit l'enveloppe, rompit le cachet et sortit du pli une jolie petite carte d'invitation, au nom de mademoiselle Dosia Zaptine.

On s'attendait à une explosion de joie, et la princesse ramenait déjà autour d'elle la dentelle de sa robe, pour la soustraire à l'expansion tempétueuse de sa jeune amie... Il n'en fut rien. La jeune fille lut jusqu'au bout, retourna la carte pour s'assurer qu'il n'y avait rien derrière, et sans témoigner d'autre émotion la remit dans son enveloppe.

La princesse jeta à son frère un regard qui voulait dire : Tu lui as gâté son plaisir. Platon sentit le reproche mérité.

– Savez-vous patiner, mademoiselle Dosia ? dit-il d'une voix grave et moelleuse que ni Pierre ni même sa sœur ne lui avaient connue jusque-là.

La jeune fille leva sur lui ses yeux attristés.

Pierre lui coupa la parole.

– Elle patine, dit-il, comme un patin anglais, première marque. On la dirait née pour cela.

– D'abord vous, riposta prestement Dosia, vous n'en savez rien.

– Je vous demande humblement pardon, ma cousine, je vous ai vue patiner, il y a de cela une dizaine d'années...

– Oh ! fit Dosia avec sa petite moue, c'était sur l'étang, avec mes premiers patins, quand j'avais sept ans, cela ne compte pas. Je suis bien plus habile maintenant !

– Alors, fit Pierre avec une grimace, je me demande ce que cela peut bien être ! Patinez-vous toujours sur les pieds, ou bien, pour perfectionnement, avez-vous adopté l'habitude américaine de patiner sur le sommet de la tête ?

Dosia elle-même ne put y tenir, Platon riait, la princesse, voyant l'harmonie prête à se rétablir, demanda aussi une carte d'invitation, qui sortit toute prête et sous pli de la poche de Mourief.

– Je n'avais osé, dit-il, m'exposer à un refus...

– Quelle prudence ! dit tranquillement Platon ; tu deviens méconnaissable, mon ami ; ne serais-tu pas malade ?

Il fut convenu que les quatre amis se rendraient à la fête de nuit, et les dames se firent faire des costumes pareils en velours violet, afin de tenir dignement leur rang dans cette solennité.

Chapitre XVIII

Le jour fixé, – c'était en plein janvier, – bien des paires de jolis yeux interrogèrent le thermomètre depuis le midi jusqu'au soir. Ce méchant thermomètre ne voulait pas remonter ; il marquait impitoyablement quatorze degrés Réaumur, et, pour une fête en plein air, c'était une température tant soit peu rigoureuse. Les mamans avaient passé la journée à déclarer « qu'on n'irait pas, qu'il y avait folie à risquer d'attraper une angine ou une fluxion de poitrine pour s'amuser deux heures » ; plus d'un général d'âge mûr, un peu chauve, père de jolis enfants mis à la dernière mode, avait intimé à sa jeune femme l'ordre formel de rester à la maison. « Quand on est mère de famille, on ne doit pas s'exposer au péril sans nécessité. »

Cependant, vers neuf heures du soir, le thermomètre ayant encore baissé de deux degrés, une procession de voitures et de traîneaux déposa sur le quai Anglais une foule épaisse de jeunes filles et de jeunes femmes accompagnées par les mamans revêches et les généraux d'âge mur ; et, – ô prodige ! – ni les mamans ni les généraux n'avaient l'air de céder à la force : les visages étaient souriants, les mines agréables.

C'est que la famille impériale devait assister à cette fête ; dès lors, il ne faisait plus froid ; un peu plus, chacun eut regretté tout haut que la gelée ne fût pas plus intense.

Comme la princesse et Dosia n'avaient ni mamans ni généraux pour leur ordonner de rester au logis, rien n'avait troublé leur sérénité. Après avoir quitté leur voiture sur le quai Anglais, elles descendirent l'escalier de glace taillée, qu'on avait semé de sable fin, et se trouvèrent sur la Néva, gelée alors à un mètre d'épaisseur.

L'espace réservé pour la glissoire était un rectangle long de cent cinquante mètres environ sur soixante-quinze de largeur. Une muraille de blocs de glace hauts de trois pieds, entre lesquels on avait planté des sapins, servait de clôture de trois côtés ; le quatrième était formé par une vaste galerie de bois découpé à la manière des isbas russes, élevée de quelques marches. Là étaient le vestiaire et le buffet doucement chauffés par des calorifères. Un boudoir spécial était réservé aux dames ; rien n'y manquait : une table de toilette, chargée de menus ustensiles, dans un cabinet attenant, des glaces de tous côtés, des fleurs et des arbustes dans les angles, des tentures de drap rouge, des sièges moelleux, tout, y compris la tiède atmosphère, y donnait l'illusion d'un salon ordinaire. Une pièce semblable avait été décorée spécialement pour la famille impériale, car plusieurs des grandes duchesses avaient promis d'accompagner leurs frères ou leurs époux ce jour-là.

Un pavillon de bois élégamment orné de sapins verts, opposé à la porte d'entrée, et par conséquent à la rive gauche du fleuve, contenait l'orchestre ; un cordon pressé de globes laiteux formait des festons rattachés à des candélabres chargés de globes semblables, et entourait l'enceinte entière ; une triple rangée de verres de couleurs l'accompagnait partout, s'accrochant aux découpures de bois, aux angles des constructions, au fronton des portiques ; et deux tours rondes de cinq à six mètres de hauteur, formées de blocs de glace taillés et superposés, servaient de lanternes gigantesques où des soldats préposés à cet office allumaient alternativement des feux de Bengale rouges et verts.

Rien ne peut rendre l'effet magique de ces flammes vues par transparence à travers l'épaisseur de la glace ; celle-ci jetait sur la glissoire des irradiations fantastiques ; suivant le caprice du vent, la flamme des torches plantées de distance en distance lançait une longue traînée de fumée ou d'étincelles, et, par-dessus tout cela, au moment où la famille impériale s'arrêtait en haut du quai, la lumière électrique projeta son éblouissant éclat sur les toilettes somptueuses et les uniformes chamarrés d'or.

L'orchestre entamais une valse ; se tenant par la main, des couples audacieux se mirent à tournoyer avec grâce, décrivant des cercles plus vastes que ceux de la valse de salon, mais aussi précis. La valse n'était qu'un passe-temps préparatoire ; l'événement de la soirée devait être un quadruple quadrille des lanciers, pour lequel des nombreuses répétitions avaient été faites les jours précédents.

Les dames s'étaient arrangées entre elles pour obtenir une harmonie entière dans leurs toilettes ; un quadrille était vêtu de velours blanc, garni d'astrakan d'une blancheur immaculée ; un second avait choisi le velours bleu clair orné de martre zibeline ; le troisième portait un uniforme grenat avec le chinchilla pour fourrure ; le quatrième enfin arborait le velours gros bleu bordé de cygne.

Les danseurs, tous montés sur leurs patins, accomplissaient leurs évolutions moins vite que sur un parquet, mais avec non moins d'exactitude ; les mouvements de la musique avaient été calculés pour cela ; et chaque accord final ramenait les danseurs à leur place. Dosia, qui ne faisait pas partie des quadrilles, regardait ce spectacle avec des yeux ravis.

– Es-tu contente ? lui demanda la princesse qui ne patinait pas.

– Je crois bien ! s'écria la jeune fille, c'est inouï ! Je n'ai jamais rien rêvé de pareil... Cela ne ressemble à rien de ce que j'ai vu.

– On ne peut trouver cela que chez nous, dit Platon qui

s'approchait ; seuls parmi les peuples de l'Europe nous possédons une Néva pour y bâtir une telle glissoire, assez d'argent pour payer cette dépense, et le grain de folie nécessaire pour en concevoir l'idée.

Dosia sourit gentiment.

– À votre avis, dit-elle, nous sommes donc un peu fous ?

– Moi aussi, répliqua le sage Sourof en s'inclinant avec gravité. Voyons, mademoiselle Dosia, ne faut-il pas être tant soit peu hors de son bon sens pour aller danser la mazurka sur cette glissoire où l'on peut se casser un membre, ou même la tête, au moindre faux pas ?...

– Quand on peut si bien, interrompit Dosia, se casser la jambe ou même la tête sur un beau parquet ciré, en dansant la même mazurka aux sons du même orchestre !

Le frère et la sœur se mirent à rire.

– La danse est une œuvre de perdition, continua Dosia, avec une gravité imperturbable, nous en voyons la preuve tous les jours. C'est pourquoi le comte Platon ne danse pas et ne patine pas non plus...

On ne sait ce que Platon eût trouvé à répondre, car Pierre vint se jeter au travers de la conversation, ce qui ramena une expression pensive sur le visage de son ami.

– Vous n'avez pas froid, mesdames ? demanda-t-il.

On lui répondit bien vite que non.

– C'est que le thermomètre baisse. Nous avons déjà dix-huit degrés ; et très probablement, nous en aurons vingt à minuit.

– Nous serons parties avant ce moment-là, dit la princesse.

On leur servait en ce moment du thé brûlant et parfumé qui fut le bienvenu.

Quelques amis s'approchèrent ; le quadrille était fini, la foule bigarrée se dispersait, pendant qu'une autre escouade de musiciens remplaçait les premiers et jouait des morceaux d'un caractère plus sérieux.

Les patineurs portaient tous à la boutonnière une petite lanterne ronde, grande comme un écu de cinq francs ; et c'était plaisir de voir ces lumières semblables à des lucioles parcourir en tous sens la glace polie. Profitant de ce moment d'accalmie, on arrosa d'eau chaude la surface de la glissoire : une légère buée s'éleva, disparut, et la glace plus unie que jamais présenta un miroir sans rayures.

– Il fait bon aujourd'hui, dit un aide de camp, en s'approchant de la princesse pour lui présenter ses hommages ; aussi cette fête est beaucoup plus brillante que la dernière.

– À quoi l'attribuez-vous ? demanda Sophie sans penser à mal.

– À votre présence, certainement, princesse, répondit le galant cavalier.

Dosia pinça légèrement le bras de son amie et se détourna pour rire. Le visage de Mourief exprimait une hilarité mal comprimée, et leurs regards s'étant rencontrés, ils eurent quelque peine à ne pas éclater ensemble.

– Sans vouloir décrier les mérites de ma sœur, dit Platon, toujours secourable dans ces moments dangereux, je crois que la température y était pour quelque chose. Quel temps faisait-il alors ?

– Pas un souffle de vent, mon cher comte, et seulement vingt-quatre degrés.

– Réaumur ? hasarda Mourief.

– Certainement, Réaumur ! Je ne sais trop pourquoi nous n'avions guère de dames, – on peut dire que ce fut une fête triste !

– Vraiment, répéta Pierre toujours sérieux, je ne sais trop pourquoi !

Dosia, qui avait ôté ses patins pour s'asseoir, le tira brusquement par la manche, se leva et s'enfuit. Étonné, son cousin la suivie et la retrouva dans le coin de la galerie où elle riait aux larmes.

– Pourquoi, lui dit-elle entre deux éclats de rire, pourquoi me fais-tu rire comme ça ? la princesse va encore dire que je suis très inconvenante, et, vrai, ça n'est pas ma faute.

– C'est qu'il m'amuse avec sa fête triste, ce brave homme.

– Allons, dit Dosia, mets-moi mes patins, je n'ose pas retourner là-bas, je crains de lui pouffer au nez.

Pierre, à genoux devant sa jolie cousine, eut bientôt fait d'attacher les courroies ; il fut prêt presque en même temps, et tous deux se tenant par la main, s'élancèrent en longues courbes sur la glace.

– Où donc est Dosia ? demanda la princesse.

– La voici qui patine avec M. Mourief, répondit l'aimable aide de camp. Ils sont charmants, ajouta-t-il en ajustant son pince-nez d'un air connaisseur. Ils ont l'air fait l'un pour l'autre. N'y a-t-il pas anguille sous roche ? fit le maladroit d'un air fin.

Platon devenu pâle soudainement, se mordit les lèvres pour retenir une réponse trop vive ; la princesse, qui connaissait son monde, se garda bien de nier d'une façon positive ; ces négations énergiques ne font ordinairement que transformer de simples suppositions en convictions arrêtées.

– Je ne crois pas, dit-elle, cette idée n'est encore venue à personne, que je sache...

Le gros aide de camp se leva pour aller porter ailleurs ses lourdes galanteries et prit congé de la princesse, laissant derrière lui la blessure empoisonnée d'un doute cruel.

Que de fois Platon s'était dit que ces deux jeunes gens devaient s'aimer, – peut-être sans le savoir eux-mêmes ; – que de fois il avait pensé que ce serait fort heureux, qu'ainsi l'étourderie de Dosia se trouverait réparée !... Et l'idée de cette réparation le rendait malheureux, cruel avec lui-même, intolérant avec les autres... Fallait-il que sa vie fût désormais gâtée par les fantaisies de cette petite fille ?

Et pendant qu'il faisait ces tristes réflexions, les deux cousins passaient et repassaient devant lui, comme deux oiseaux qui volent de concert.

– Platon, je suis fatiguée, lui dit Sophie, qui comprenait sa pensée et désirait y mettre un terme.

Il se leva sans mot dire et fit prévenir leur cocher, puis revint vers sa sœur.

– Dosia ! dit doucement celle-ci en se penchant sur la balustrade, au moment où les patineurs passaient près d'elle.

La jeune fille tourna vers la princesse son visage coloré par le froid, l'exercice et le plaisir. Quelle vivante image de la gaieté insouciante ! Et Platon qui souffrait à côté d'elle !

– Je suis fatiguée, veux-tu rentrer ?

Sans répliquer, Dosia tourna sur elle-même, s'assit sur le banc de bois qui longeait la galerie et tendit à Pierre son petit pied, afin qu'il la débarrassât des patins.

– Merci, dit-elle, quand il eut fini. La bonne soirée ! Je me suis bien amusée !

Sophie et son frère les avaient rejoints ; Dosia remarqua l'expression sérieuse de leurs visages.

– Vous paraissez souffrants, dit-elle avec cet intérêt spontané qui la rendait si sympathique.

– Qu'importe ! gronda Platon, pourvu que vous vous amusiez !...

– Nous ne faisions pas de mouvement, nous, ajouta la princesse avec douceur, nous avons eu froid.

– Je vous demande pardon, murmura Dosia repentante, je suis une égoïste...

Les grandes-duchesses se retiraient, et la foule leur faisait cortège, avec des torches, jusqu'à leurs voitures. Nos amis durent attendre quelques minutes. La glissoire presque déserte semblait plus sombre, par contraste avec les flammes de Bengale qui brûlaient en ce moment sur le quai ; Dosia fit un retour mélancolique sur son plaisir si soudainement interrompu.

– Aucune joie ne dure, se dit-elle. Comment se fait-il que je ne fasse de mal à personne et que, pourtant, je mécontente tout le monde ?

Elle revint au logis sans avoir rompu le silence. Le lendemain, elle s'excusa auprès de la princesse de son étourderie, de son manque de souci pour ceux qui étaient si bons envers elle... C'est avec des larmes brûlantes qu'elle s'accusa d'égoïsme.

La princesse la consola de son mieux et profita de l'occasion pour lui faire une petite semonce.

– Sois plus réservée avec ton cousin, lui dit-elle ; tout le monde n'est pas obligé de savoir que vous êtes camarades d'enfance ; on m'a demandé hier si vous n'étiez pas fiancés...

Le visage de Dosia, devenu pourpre, prit une expression de colère.

– Moi qui le déteste, et lui qui ne peut me souffrir ! Faut-il être bête !...

– Tout le monde n'est pas non plus obligé de savoir que vous vous détestez, repartit la princesse en réprimant un sourire. Votre haine mutuelle ne va pas jusqu'à ne pouvoir patiner ensemble.

– On ! ma bonne amie..., commençait Dosia confuse.

– Ne le déteste pas, mon enfant, et comporte-toi envers lui comme envers les autres ; cela suffira.

– Ce sera bien difficile, dit la jeune fille avec un soupir. Et... M. Platon n'est pas fâché contre moi ?

La princesse interdite à son tour, chercha un instant sa réponse.

– Il ne peut en aucun cas être fâché contre toi ; mais il a peut-être été choqué...

– Je ne le ferai plus, sanglota Dosia, comme un enfant mis en pénitence ; je ne le ferai plus, jamais ; seulement dis-lui qu'il ne soit pas fâché contre moi !

Platon, informé de ce vœu naïf, n'eut pas le courage de tenir rigueur. Quelques paroles affectueuses ramenèrent le jour même le sourire aux lèvres de Dosia et la malice dans ses yeux reconnaissants.

Chapitre XIX

L'hiver s'avançait ; déjà la série de mariages qui suit toujours les fêtes de Noël était presque close ; le carême était proche, et Dosia, devenue sage, portait des robes à queue.

Cet événement, attendu par elle comme devant être de beaucoup le plus important de sa vie, l'avait laissée relativement indifférente. Elle s'était bien prise une dizaine de fois à regarder derrière elle les flots de sa robe noire faire un remous soyeux sur le tapis, mais elle n'avait pas ressenti ce triomphe, cet orgueil dont elle s'était fait fête si longtemps d'avance.

Bref, la première robe longue de Dosia avait été un désenchantement.

D'autres pensées avaient noyé celle-ci.

– C'est égal, elle était plus amusante auparavant, soupirait un jour Mourief, assis chez la princesse dans un petit fauteuil si bas que la poignée de son sabre lui caressait le menton.

– C'était le bon temps, alors, n'est-ce pas ? lui dit la princesse d'un air moqueur.

Malgré les dénégations passionnées du jeune homme, Sophie continua, avec une certaine insistance dans l'accent de sa voix :

– Regretteriez-vous de ne pas l'avoir épousée ?

– Ah ! princesse ! fit Mourief d'un ton de reproche plus sérieux que la question ne semblait le comporter.

Sophie ne se laissa pas fléchir.

– Il en serait peut-être encore temps, continua-t-elle sans regarder Pierre.

Celui-ci garda le silence : il jouait avec la dragonne de son sabre, et le gland d'or tissé battait à coups inégaux le métal du fourreau.

Le silence se prolongeait ; la princesse, devenue soudain nerveuse, froissa légèrement le journal déplié sur la table.

– Eh bien ! fit-elle, voyant que Mourief ne parlerait pas.

– Je croyais, dit celui-ci à voix basse, que c'était bon pour Dosia de taquiner méchamment les pauvres mortels...

Il toussa pour s'éclaircir le gosier, mais sans y réussir. La princesse baissa la tête. Pierre continua de la même voix enrouée :

– Je ne sais pas pourquoi vous parlez ainsi, je ne l'ai pas mérité. Il me semble que je n'ai pu faire croire à personne que j'aime Dosia...

– Pour cela, non !... dit la princesse en éclatant de rire.

Son rire, nerveux et forcé, s'éteignit soudain. Pierre avait gardé son sérieux, le gland d'or tintait toujours sur le fourreau d'acier.

– Je ne me marierai pas, continua-t-il, parce que je considère un mariage sans amour comme la faute la plus grave que puisse commettre un homme envers lui-même...

– Vous êtes sévère, essaya de dire la princesse.

Mais elle ne sentit pas le courage de plaisanter et se tue.

– La plus grave et la plus sotte, puisque le châtiment la suit aussitôt et à coup sûr.

– Mais, reprit Sophie en rougissant, vous vous croyez donc pour la vie à l'abri des traits du petit dieu malin ?

Pierre se leva.

– La femme que j'aime, dit-il, est de celles que je ne puis prétendre à épouser ; pourtant, son image me préservera à jamais d'une erreur ou d'une faute. J'aime mieux vivre seul que de profaner ailleurs le cœur que je lui ai donné sans réserve... et sans espoir.

Pierre s'inclina très bas devant la princesse interdite, ses éperons sonnèrent, et il fit un pas vers la porte.

Sophie hésita un instant, puis se leva. D'un geste royal, elle tendit la main au jeune homme.

– Celui qui pense ainsi, dit-elle, peut se méprendre sur la profondeur, sur l'éternité du sentiment qui l'occupe...

Pierre fit un mouvement ; elle continua sans se troubler :

– Mais s'il ne se trompe pas, s'il a vraiment donné son âme sans réserve et sans espoir, il n'est pas de femme au monde qui ne doive être fière et reconnaissante d'un si beau dévouement.

Mourief la regardait, stupéfait, ébloui...

– Vous êtes bien jeune pour parler d'éternité, dit-elle avec un demi-sourire qui éclaira comme un rayon de soleil son beau visage sérieux. Mais si les épreuves de la vie ne vous rebutent pas, si vous êtes vraiment ce que vous paraissez être, vous pouvez aspirer à toutes les femmes.

Elle avait retiré sa main ; elle lui fit une inclination de la tête et passa dans son appartement.

Pierre se trouva sur le quai de la cour sans savoir comment il était sorti ; il marchait devant lui, refusant de comprendre, ne voulant pas croire à son souvenir.

– C'est impossible, se disait-il... elle n'est pas coquette... et pourtant ! Mais alors, elle me permettrait ?...

Le lendemain soir, Mourief courut chez Sophie. Pourrait-il lui parler en particulier ? Obtiendrait-il une réponse plus nette, un espoir plus positif ?

Ô douleur ! ô désappointement ! Il trouva chez la princesse une société joyeuse et très variée.

En même temps que lui entrait un « tapeur » aveugle, conduit par un valet de pied.

Platon vint à lui dans l'antichambre.

– Qu'est-ce que cela veut dire ? fit Mourief peu satisfait.

– C'est l'anniversaire de la naissance de ta cousine, répondit Sourof ; je croyais que tu venais lui faire tes compliments.

– Mais pas du tout ! s'écria Pierre. Je n'y pensais pas... Ce n'est pas pour cela que je venais...

– Et pourquoi venais-tu donc ? demanda Platon d'un air amusé qui fit rougir le lieutenant.

– Je venais... je venais faire une visite. Vous allez danser ?

– Mais oui, ne t'en déplaise !

– Eh bien ! je vais chercher un bouquet... je ne peux pas arriver les mains vides.

La tête fine de Dosia parut entre les deux battants de la porte, et ses yeux brillants de malice se fixèrent sur le visage déconfit de Mourief, qui remettait son manteau.

– Mon cousin a oublié mon anniversaire, dit-elle, et il va me chercher des bonbons. Apportez-moi plutôt des marrons glacés ; je les préfère.

Elle disparut avec son petit rire. Platon souriait.

– Te voilà prévenu, fit-il.

– Des marrons glacés ? Elle le fait exprès ! je suis sûr qu'il n'y en aura plus... à neuf heures du soir ! Il va falloir les commander, je ne les aurai pas avant minuit !

L'infortuné disparut. Au bout de vingt minutes il entra triomphalement, portant des marrons glacés et un gros bouquet destiné à lui faire pardonner son inconcevable négligence.

– Merci, mon cousin, lui dit Dosia en recevant son offrande avec beaucoup de grâce. Vous me gâtez. Mais tout le monde me gâte ici ; on a trouvé que ça me rend meilleure. Tout le contraire des autres, n'est-ce pas ?

Pierre, surpris de sa douceur, ne savait que répondre.

– Vous m'avez oubliée, hein ? Vous avez la tête... et... l'esprit ailleurs, ajouta la fine mouche. Je me suis aperçue que vous étiez fort préoccupé depuis quelque temps.

– Vous avez fait cette remarque ? grommela Pierre, qui eut bonne envie de la battre.

– Oui... mais je l'ai gardée pour moi, soyez tranquille. Et même j'ai promis à ma chère Sophie que je ne vous taquinerais plus.

– Je ne saurais assez reconnaître cette générosité, dit Pierre en s'inclinant.

– Oh ! fit la malicieuse en hochant la tête, ce n'est pas pour vous... Elle ne m'en a rien dit ; mais j'ai remarqué que lorsque je vous taquine, cela lui fait de la peine.

Pierre reçut en plein visage le regard à la fois malicieux,

triomphant et amical, des yeux de Dosia, – ces yeux uniques, qui disaient toujours cent choses à la fois. Mais il n'eut pas le temps de la remercier, elle était déjà loin.

On dansait, comme on ne danse qu'à Pétersbourg, avec un entrain, un acharnement qui fait oublier le reste du monde. La politique et l'équilibre européen sont bien peu de chose quand on a vingt ans et un bon tapeur.

Vers minuit, la princesse fit servir à souper : c'était la première fois qu'on dansait chez elle, – et probablement la dernière, disait-elle en souriant ; mais Dosia méritait bien une petite sauterie spéciale en l'honneur de ses dix-huit ans.

– Oui, mesdames et messieurs, dit Dosia assise au milieu de la table du souper, j'ai dix-huit ans ! Il n'y paraît guère, j'en conviens, mais enfin j'ai dix-huit ans tout de même, et je suis devenue si sage que la princesse Sophie a pensé un instant à me mettre sous verre dans un cadre doré, au milieu du salon, comme un modèle permanent destiné à apprendre aux jeunes filles incorrigibles qu'il ne faut jamais désespérer de rien. Je deviens une personne sérieuse, et j'ai pris la résolution de me consacrer désormais au bien...

Des applaudissement discrets, de bonne compagnie, acclamèrent cette péroraison, et Dosia envoya un clin d'œil éloquent à son cousin, qui la regardait ébahi.

– Au bien général, reprit-elle, – et particulier, – en attendant. Jusqu'ici j'ai été papillon, je deviens désormais ver à soie, toujours au rebours du sens commun, – mais on ne saurait changer son naturel. À ma métamorphose !

Au milieu des rires et des protestations, Dosia éleva sa coupe de cristal rose et but quelques gouttes de vin de Champagne, puis elle se tourna vers Platon et son visage prit aussitôt une expression de retenue, presque de timidité. D'un regard, elle sembla lui demander si elle n'avait pas dépassé les bornes. Un sourire du jeune homme la rassura ; elle reprit son expression joyeuse et se dirigea vers le salon, où l'on recommença à danser.

Mourief obtint un quadrille de la princesse ; – mais comment causer dans ce dédale de chassés-croisés et de jupes à traîne ! La question qui l'agitait n'était pas de celles qu'on traite au pied levé. Il se contenta donc d'admirer la taille svelte et élégante, le noble visage de celle qui peut-être serait sa femme... À cette idée, le cœur lui battait, il avait peine à continuer avec elle les lieux communs d'une conversation de quadrille... Et pourtant la main de la princesse, en se posant dans la sienne, ne lui donnait aucun frisson : sa joie et ses tendresses étaient fort au-dessus de ces émotions terrestres.

Chapitre XX

Une après-midi, Platon arriva tout soucieux chez sa sœur et la pria de passer avec lui dans son cabinet de travail, pièce sérieuse et sombre où Dosia ne pénétrait jamais.

– Qu'as-tu ? lui dit Sophie inquiète ; est-il arrivé quelque malheur ?

– Rien qui nous concerne directement, répondit Sourof, mais si la nouvelle est vraie, elle aura pour résultat de changer nos habitudes...

– N'est-ce que cela ? fit Sophie en respirant plus librement.

– Quand je dis nos habitudes... il y a des habitudes de cœur qui sont difficiles à rompre... Au fait, voici ce que c'est. D'après un bruit qui m'est arrivé ce matin, Mourief aurait joué, avec un personnage peu scrupuleux, dans une maison... une vilaine maison..., et il aurait perdu, sur parole, une somme énorme.

Sophie pâlit et s'assit dans un fauteuil ; elle prit son mouchoir, le passa deux fois sur ses lèvres, puis croisa ses mains sur ses genoux et réfléchit.

Platon ne s'attendait pas à tant d'émotion ; surpris, il s'approcha de sa sœur et lui prit la main. Il allait faire une question que la délicatesse retenait encore sur ses lèvres, lorsqu'elle le prévint.

– Je l'aime ! dit-elle simplement en levant ses yeux honnêtes sur le visage ému de son frère.

– Je te demande pardon, ma sœur, répondit Platon, vivement touché de cette franche parole à ce moment difficile. J'aurais dû garder cela pour moi et m'informer...

– Qui te la dit ?

– Le colonel. Il n'aurait pas parlé si la chose eût été douteuse. Il m'a envoyé chercher ce matin et m'a prié, en ma qualité d'ami de Mourief, de faire de mon mieux pour éviter le scandale. La somme est telle, que Pierre ne pourra pas la payer sur-le-champ ; il faudrait obtenir du temps. D'un autre côté, le gagnant a été prévenu d'avoir à aller gagner ailleurs... Nous ne pouvons admettre, au régiment, qu'une dette sur parole souffre de difficultés ; sans sa bonne conduite, Mourief serait déjà cassé.

– Quand ce malheur est-il arrivé ? fit la princesse toute songeuse.

– Il y a déjà quatre ou cinq jours ; c'était mercredi, je crois.

– Mercredi ? Il a passé la soirée ici ; ce serait donc en nous quittant, après minuit... Sais-tu, Platon, je suis persuadée qu'il y a erreur... C'est impossible !

– J'ai commencé par dire comme toi ; mais quand j'ai vu la reconnaissance de la dette, signée de sa main...

Sophie laissa retomber la tête sur le dossier du fauteuil et ferma les yeux avec l'expression pénible de quelqu'un qui voudrait échapper à un rêve douloureux.

– Combien ? fit-elle après un silence.

– Quarante-deux mille roubles argent.

La princesse se leva et se mit à marcher de long en large. Après deux ou trois tours elle prit le bras de son frère, et ils marchèrent ainsi longtemps, cherchant des idées et ne trouvant rien. À bout de ressources, Sophie s'arrêta.

– Vois-tu, dit-elle à son frère, je ne peux pas croire à toute cette histoire ; Pierre n'est pas joueur, – il n'aurait pas joué ce qu'il ne peut pas payer ; il n'est pas hypocrite, – il avait hier et avant-hier sa figure des jours précédents.

– Hier il était préoccupé.

– J'en conviens, mais sa préoccupation n'était pas celle d'un homme qui a perdu le quart de sa fortune et qui doit le réaliser dans les vingt-quatre heures... Envoie-le-moi.

– À toi ! Que vas-tu faire ?

– Savoir la vérité d'abord. Faire ce qu'on pourra ou ce qu'on devra ensuite.

Platon regardait sa sœur d'un air de doute.

– Tu m'as parfois appelée Sagesse, continua-t-elle avec un triste sourire ; fie-toi à moi une fois de plus. Je ne ferai que ce que je dois.

Platon embrassa se sœur et sortit.

Chapitre XX

Il ne put trouver Mourief sur-le-champ. À ce que lui dit le brosseur du jeune officier, Pierre était toujours en courses depuis la matinée de la veille. Il l'aperçut enfin dans la grande Morskaïa, filant au trot allongé de son meilleur trotteur. Il l'arrêta et le fit descendre.

– Ma sœur veut te voir, lui dit-il sans ménagement.

Mourief pâlit et se troubla visiblement.

– Pourquoi ? murmura-t-il.

– Ce n'est pas mon affaire. Vas-y sur-le-champ. Quand tu auras fini avec elle, passe chez moi ; j'ai à te parler de la part du colonel…

Pierre fit un effort et se redressa ; son visage n'exprimait plus qu'une résolution inébranlable.

– J'aime mieux cela, dit-il. D'ailleurs, j'avais déjà pensé à causer avec toi.

– En quittant ma sœur, viens me trouver ; je t'attends chez moi.

– Bien ! dit Pierre. À tantôt !

Il toucha sa casquette et partit. Platon le regarda aller, haussa les épaules, puis rentra chez lui et se mit à lire le journal.

Mourief gravit tout d'une haleine l'escalier de la princesse. Il était de ceux qui abordent franchement les situations périlleuses.

Il fut introduit dans le cabinet de travail, où il n'était jamais entré. Le jour baissait ; une seule lampe éclairait la haute pièce tapissée d'un vert foncé, presque noir à la lumière. La pâleur de la princesse l'émut douloureusement ; iIl n'avait pas supposé qu'elle serait instruite de cette affaire. Mais il n'était plus temps de reculer.

– Asseyes-vous, monsieur, dit la princesse sans lui tendre la main.

Il obéit.

– J'irai droit au fait, dit-elle. On m'a appris que vous avez perdu au jeu une somme considérable.

Mourief fit un geste d'acquiescement.

– Et que vous ne pouvez pas la payer ?

– Permettez, princesse… j'espère d'ici à demain avoir trouvé les fonds nécessaire, dit Pierre d'une voix parfaitement nette.

– En êtes-vous sûr ?

– On n'est jamais sûr de rien, fit le jeune homme en regardant le tapis.

– Savez-vous que vous serez cassé si vous échouez ?

– C'est probable, dit Mourief avec une insouciance qui choqua la princesse.

– Cette perspective semble ne vous offrir rien de désagréable, répliqua-t-elle avec hauteur.

Le jeune homme fit un geste vague qui pouvait signifier aussi bien : N'ayez pas peur ! que : Je m'en moque !

Sophie le regarda attentivement.

– Monsieur Mourief, lui dit-elle avec douceur, vous m'avez fait beaucoup de chagrin.

Pierre s'inclina très bas et baisa respectueusement un pli de sa robe.

– J'avais de vous une si haute idée, reprit la jeune femme, je vous estimais si fort au-dessus du commun ! Et vous, notre ami, vous vous êtes compromis dans une aventure vulgaire, on vous a vu dans une maison...

Elle n'osa trouver d'épithète ; – d'ailleurs elle n'en eut pas le temps. Pierre avait bondi sur ses pieds.

– Qui a dit cela ? s'écria-t-il. On en a menti !

Sophie respira cette fois avec effort, puis, plus blanche que son col de batiste, elle se laissa aller dans le fauteuil. Elle avait perdu connaissance.

Pierre lui prit les mains et les réchauffa sous ses lèvres, mais il n'eut pas l'idée d'appeler ; même pour porter secours, un tiers eût été de trop. Au bout de quelques secondes, Sophie revint à elle.

– On a menti, répéta-t-il en voyant s'ouvrir les yeux de la princesse. Je n'ai pas eu l'infamie de fréquenter une telle société... après ce que vous savez... ce que je vous ai dit à vous-même... Non, je n'ai pas donné à un homme au monde le droit de m'appeler menteur et hypocrite.

Sophie fit un geste de la main ; Pierre saisit cette main au vol.

– Vous n'avez pas joué ? dit-elle avidement en se penchant vers lui.

Il passa la main sur son front.

– Ne m'interrogez pas, dit-il avec désespoir. Croyez-moi sur parole ! Je ne puis pas répondre.

– Je veux que vous répondiez, fit-elle d'une voix suppliante. Vous n'avez pas joué ?

Pierre se couvrit le visage de ses deux mains, afin d'empêcher ses regards de répondre pour lui. Elle écarta ses mains et le força à la regarder.

– Ce n'est pas vous qui avez joué ? fit-elle, transportée, illuminée d'une clarté subite. C'est un autres ? dites ? Ce n'est pas vous ?

Pierre ne put mentir.

– Non, dit-il comme malgré lui, ce n'est pas moi.

– Ah ! fit Sophie éperdue, en lui tendant les deux mains, j'en étais sûre.

Pendant un moment ils oublièrent tout danger. Les mains nouées, les regards croisés, ils vécurent ainsi la plus belle minute de leur existence.

– Racontez-moi cela, dit Sophie, qui s'assit sur le canapé et fit une place près d'elle pour son ami.

– Je ne puis, fit celui-ci de l'air le plus suppliant. Épargnez-moi ! J'ai promis de ne pas dire...

– Mais à moi ! Vous n'avez pas promis de ne pas me le dire, à moi ! je vous jure de ne le répéter à personne !

– Pas même à Platon ?

– Oh ! Platon est un autre moi-même !

– J'ai promis, insista le jeune homme.

– Soit ! répondit Sophie. Je ne dirai rien, mais il est intelligent ; s'il devine, ce ne sera pas ma faute. Que s'est-il passé ?

– Avant-hier soir, commença Pierre, je revenais de chez vous, lorsqu'on m'annonça un jeune officier tout nouvellement entré au régiment. Il a seize ans et demi, il arrive d'un corps militaire de province ; – Pétersbourg lui a tourné la tête, – ce n'est pas bien surprenant ! Donc, mercredi, il a été dans cette maison, dont on vous a parlé ; il s'est fait plumer jusqu'aux os et il a perdu plus qu'il ne peut payer en dix ans. Je m'intéressais à lui ; – il est si jeune, et quand on n'a pas de famille pour vous tenir la bride serrée, on est si bête à cet âge-là ! Il venait m'apporter une lettre qu'il me priait de faire passer à sa mère... il n'a plus qu'elle. Sa démarche à cette heure indue me parut bien singulière ; j'avais entendu dire au régiment qu'un officier – on ne savait lequel – avait perdu une somme absurde... Bref, j'appris que, dans l'impossibilité de payer sa dette, il allait se brûler la cervelle en rentrant chez lui. Il avait trouvé cela tout seul. Quel génie ! Voyons, princesse, vous qui avez du bon sens, qu'auriez-vous fait à ma place !

– Continuez ! dit la princesse en souriant.

– Je lui présentai premièrement toute l'insanité de sa conduite ; il en convint et m'annonça qu'il allait s'en punir par le moyen le plus radical. Je lui parlai alors de sa mère... J'avais trouvé la corde sensible.

Il est fils unique, adoré, gâté ! Jugez-en : sa mère possède un revenu de sept mille roubles, elle lui en envoie six milles et vit avec le reste ! On devrait mettre en prison des mères pareilles pour les empêcher de gâter leurs enfants. Enfin, il pleura comme une jeune génisse... Vous riez ? Je ne riais pas, moi ! et, malgré mon peu d'éloquence, il faut croire que la Providence m'a envoyé une inspiration toute particulière, car j'étais presque aussi ému que lui. Je lui proposai alors de faire des billets... Il n'est pas majeur, l'imbécile ! On a refusé son papier, comme de juste. Il est allé voir un usurier, qui l'a envoyé promener. Alors...

– Alors, c'est vous qui avez signé ? dit la princesse, les yeux noyés de larmes heureuses.

– Mon Dieu, fit Mourief en cherchant à s'excuser, – il le fallait bien... je suis majeur, moi !

– Et si vous ne trouvez pas l'argent nécessaire... pour demain, m'avez-vous dit ?

– Oui, demain... eh bien ! je... je ne sais pas ce que je ferai. Le pis qui puisse arriver serait que mon jeune homme fût cassé... Il a repris goût à la vie, il ne se brûlera pas la cervelle. Je donnerai tout ce que j'ai trouvé, et le créancier sera bien obligé de se contenter de ma signature à longue échéance pour le reste.

– Combien avez-vous trouvé ?

– Vingt-sept mille roubles, et pas sans peine !

– Allons, mon ami, cherchez le reste ! fit la princesse en se levant. Bon courage !

– Vous me renvoyez ? dit piteusement Pierre qui n'avait pas envie de s'en aller.

– Ne vous souvient-il plus que mon frère vous attend pour vous sermonner ?

– Ah mon Dieu ! je l'avais oublié ! s'écria Mourief en cherchant sa casquette qu'il tenait à la main. J'y cours ! Si vous saviez, princesse, comme il est facile de porter le poids d'une faute qu'on n'a pas commise !... Bien sûr, je ne changerais pas avec mon petit cornette !

Son beau sourire se refléta sur le visage de la princesse.

– Alors, dit-il en lui prenant la main, vous ne m'en voulez pas de vous avoir fait souffrir ?

– Non, dit-elle en le regardant sans fausse honte. Vous êtes sorti de page, monsieur Mourief, désormais vous avez prouvé que vous êtes un homme : vous pouvez tout tenter, et tout espérer.

– Tout ? demanda Pierre qui retenait sa main.

– Tout ! répéta-t-elle, le visage couvert de rougeur.

– Eh bien ! quand je serai hors de ce pétrin, je vous demanderai quelque chose.

– Demandez le tout de suite ; j'aimerais mieux vous l'accorder pendant qu'aux yeux du monde vous n'êtes pas encore innocent.

Pierre l'attira dans ses bras et lui murmura quelques paroles d'une voix si basse que personne n'a jamais su ce que c'était.

– Oui, dit-elle fermement, et j'en serai fière !

Il la serra sur son cœur et se rendit chez Platon pour essuyer par procuration la semonce du colonel.

Chapitre XXI

Mourief entra chez son ami, la tête haute et le regard vainqueur, ainsi qu'il sied à un homme heureux. La physionomie de Sourof le ramena au sentiment de la véritable situation.

Les jambes croisées, le visage sévère, Platon représentait dignement l'autorité.

– Tu as joué ! fit-il d'un air grave.

Pierre hocha affirmativement la tête. Mentir n'est pas chose si facile pour ceux qui n'en ont pas l'habitude.

– Tu as perdu ?

Cette répétition exacte de l'interrogatoire qu'il venait de subir produisit chez Mourief une violente envie de rire aussitôt réprimée. Il réitéra son signe de tête affirmatif.

– Plus que tu ne peux payer ? continua Sourof impitoyable.

– Ce dernier point n'est pas encore prouvé, fit Mourief d'un air de bonne humeur. Je tâcherai de faire honneur à ma signature. Peux-tu me prêter quelques milliers de roubles ?

Platon abasourdi se leva.

– Moi ?

– Oui, toi ! je te les rendrai, tu peux en être sûr. Si tu ne les as pas, mettons que je n'ai rien dit.

– Comment ! s'écria Platon scandalisé, tu fréquentes des endroits impossibles où tu compromets notre uniforme ; tu y perds en une nuit une somme... ridicule ! Toi, mon ami, notre ami, que j'ai présenté dans ma famille, que j'ai traité comme un... comme un...

– Comme un frère, acheva Mourief, voyant qu'il restait court, – et je te les rends bien !

Absolument démonté par ce sang-froid, Platon prit le parti de se mettre en colère.

– Je te conseille de railler ! Et pour combler la mesure, après une aventure comme celle-là, c'est à moi que tu viens demander de te prêter l'argent que tu as si indignement perdu !

– Que veux-tu ! dit Mourief du ton d'un philosophe convaincu, ce n'est pas à mes ennemis, si j'en avais, – ce dont, grâce au ciel, je doute ! – que j'irais emprunter des fonds !

Pierre avait dans les yeux une étincelle de joie si fantastique, sa physionomie exprimait si peu de repentir, – malgré toute la peine qu'il se donnait pour avoir un air contrit, – que Sourof éclata en reproches amers.

Le colonel, l'honneur du régiment, la démission obligatoire, l'exil volontaire en province qui pouvait seul réparer ce scandale, la nécessité de payer à quelque prix que ce fût – tout cela roula dans un flot d'éloquence et tomba en douche implacable sur la tête de Mourief qui écoutait sans sourciller, d'un air attentif, hochant la tête aux endroits pathétiques.

Quand Sourof s'arrêta pour reprendre haleine, – peut-être

aussi parce qu'il n'avait plus rien à dire, – Pierre se leva, le visage rayonnant de sentiments.

– Tu es un ami unique au monde, s'écria-t-il ; tu m'as parlé comme la voix de ma conscience ; je t'en saurai gré toute ma vie.

– Eh bien ! à quoi te décides-tu ? demanda Platon, adouci par cette expansion amicale.

– Je vais chercher de l'argent partout où il y en a, puisque tu ne veux pas m'en prêter ! répondit le délinquant d'un air radieux.

La main que Platon tendait généreusement à son camarade déchu retomba à son côté. C'était là le résultat de sa semonce !

Pierre rattachait son sabre.

– Que dois-je dire au colonel ? fit Sourof d'un air glacial.

– Tout ce que tu voudras, mon cher, tout ce qui te passera par la tête. Demain, ce sera une affaire arrangée.

Platon garda encore le silence.

– Que dit ma sœur ? reprit-il après une longue pause ; comment apprécie-t-elle la façon originale dont tu prends les choses ?

Pierre, déjà dans l'antichambre, ajustait son manteau sur ses épaules.

– Ah ! mon ami, s'écria-t-il soudain, je suis le plus heureux des hommes ! Il faut que je t'embrasse !

Il donna une véhémente accolade à Sourof ébahi et disparut, accompagné d'un grand cliquetis de sabres et d'éperons sur les marches de pierre de l'escalier.

Platon rentra chez lui fort perplexe, et au bout de cinq minutes il prit le parti d'aller voir la princesse.

Celle-ci le reçut au salon. Elle avait le visage rosé ; ses yeux brillaient d'une joie profonde ; elle offrait, en un mot, l'image de la félicité.

Dosia, assise au piano, tapait à tour de bras un galop d'Offenbach.

– Quelle gaieté ! fit Platon, qui resta pétrifié au milieu du salon.

– C'est l'air de la maison, monsieur Platon ! s'écria Dosia sans s'arrêter ; nous sommes gaies ici, très gaies !

Le piano couvrit sa voix et ses rires. Platon alla s'asseoir près de sa sœur, le plus loin possible du redoutable instrument.

– Tu as vu Mourief ? dit-il.

– Oui, mon ami.

– Eh bien ! qu'y a-t-il de vrai ?

La princesse regarda son frère avec une expression de triomphe et d'orgueil.

– Rien ! dit-elle.

– Comment, rien ?

– Si, au fait, il y a quelque chose. Peux-tu me prêter quelque milliers de roubles ?

Platon bondit et se mit à marcher à travers le salon.

– C'est une gageure ? s'écria-t-il.

Au même moment, Dosia quittait le piano ; en se retournant, Sourof la trouva en face de lui. L'air railleur et satisfait de la jeune fille acheva de lui faire perdre la tête.

– Voyons, s'écria-t-il du ton le moins encourageant, de qui se moque-t-on ? Si c'est de moi, je trouve la plaisanterie trop prolongée.

– Qui est-ce qui s'est moqué de vous, monsieur ? fit Dosia en ouvrant de grands yeux et en se penchant un peu la tête de côté, comme elle le faisait d'habitude quand elle cherchait à s'instruire.

– Vous ! s'écria Sourof exaspéré.

La princesse prit le bras de son frère.

Platon, lui dit-elle, Mourief est un héros !

– Pour avoir mené cette vie de polichinelle ?

– C'est un héros ! répéta la princesse sans se laisser décontenancer.

– Il t'a conté quelque bourde, grommela Platon, et tu l'as cru.

La princesse pâlit et retira le bras qu'elle avait passé sous celui de son frère.

– Pierre ne ment jamais, s'écria Dosia qui vint à la rescousse. Je ne puis le souffrir, c'est vrai ! mais il ne ment jamais.

Platon, de moins en moins satisfait, regardait alternativement les deux femmes et tourmentait sa moustache.

– J'ai promis de ne rien dire, reprit la princesse d'un air plus sérieux, mais il faut trouver de l'argent. Il faut que cette dette soit intégralement payée demain matin.

– C'est toi qui veux que cette dette-là soit payée ? fit Sourof d'un air sombre.

– J'ai compté sur toi : de combien d'argent peux-tu disposer en ma faveur ?

– À toi ? tu veux prêter de l'argent à Mourief ? S'il l'accepte, il prouvera bien qu'il est le dernier des misérables !

– Que non ! on peut tout accepter de sa femme !

– Sa femme !

Sourof, complètement anéanti, se laissa tomber dans un fauteuil. Dosia, la tête toujours un peu de côté, le contemplait avec une certaine inquiétude. Voyant qu'il en réchapperait sans les secours de l'art, elle lui rit au nez, mais si gentiment, que cet acte irrévérencieux put passer pour un sourire.

– Oui ! sa femme ! dit la princesse en levant la tête. Il n'est pas de cœur plus noble, plus généreux, plus...

– Il n'est pas d'âme plus absurde qu'une belle âme ! s'écria Platon en se levant. Cela vous fait rire, vous ? dit-il à Dosia qui l'examinait curieusement. C'est drôle, n'est-ce pas, de voir une femme d'esprit faire une irrémédiable sottise !

– Ce n'est pas ça que je trouve drôle, riposta vertement Dosia.

Le vieil homme n'était pas tout à fait mort en elle.

– Et quoi donc ?

– Vous.

Platon regimba.

– Moi ? Et pourquoi, s'il vous plaît ?

– Parce que vous vous fâchez sans savoir pourquoi, répliqua la jeune rebelle ; il n'y a rien de drôle comme de voir un homme d'esprit se battre contre un moulin à vent. Mais je ne suis qu'une petite fille, ajouta-t-elle en lui faisant la révérence. – Si tu ne peux pas te mettre d'accord avec lui, dit-elle à la princesse, appelle-moi, je t'apporterai du renfort.

Elle sortit majestueusement, laissant Platon plus bourru que jamais.

– Tu peux confier à Dosia un secret que tu me caches ? dit-il à sa sœur d'un ton de reproche.

– Je ne lui ai pas confié, mais tu sais quelle fine mouche est cette ingénue. Elle a deviné sur-le-champ.

– Qu'est-ce qu'elle a deviné ?

– Que son cousin ne pouvait pas avoir fait cette abominable folie.

– Qui donc l'a faite, si ce n'est lui ?

– Il ne te l'a pas dit ?

– Tu vois bien que non. Depuis une heure, lui, elle et toi, vous me promenez dans un amphigouri !

– Eh bien ! mon ami, tâche de déployer autant de perspicacité que Dosia, car j'ai promis de ne rien dire.

Au bout d'une heure, Platon, parfaitement d'accord avec sa sœur, sortait de chez elle, emportant tout ce qu'elle possédait de valeurs. Il passa chez lui, dépouilla son secrétaire et se rendit sur-le-champ au logis de Mourief.

Celui-ci, très fatigué, attristé par l'insuccès de ses dernières démarches, venait de rentrer chez lui. Couché tout de son long sur le canapé, il méditait sur la sottise des humains en général et des jeunes cornettes en particulier. L'annonce de la visite de son ami ne lui causa qu'un médiocre plaisir, car il s'attendait à une seconde édition de la semonce.

– Je suis venu voir si je pouvais t'être utile, dit Sourof en franchissant le seuil.

– Je te remercie, dit Mourief un peu embarrassé.

– Je suis fâché d'avoir été si injuste. Tu ne m'en veux pas ? dit Platon en tendant les deux mains à son camarade.

– Ah ! s'écria celui-ci, elle a parlé !

– Non, mon cher, mais j'ai deviné... Il n'est rien qu'on ne fasse pour son frère, continua-t-il ; voici mon portefeuille, je crois que tu y trouveras de quoi terminer cette ennuyeuse affaire.

Pierre sauta au cou de son ami, qui, cette fois, lui rendit son accolade.

– Quelle femme que ta sœur ! lui dit-il quand il put parler.

– Je t'avais bien dit, fit Platon avec orgueil, qu'il n'y en avait qu'une au monde.

– Je ne suis pas digne d'elle, murmura Pierre en secouant la tête ; je ne sais pas comment elle a pu consentir...

– Il en est quelques-uns de plus mauvais que toi, répondit Sourof ; d'ailleurs, je suis enchanté de t'avoir pour beau-frère. Mais occupons-nous d'affaires sérieuses.

Les deux amis réglèrent les comptes, et, quand tout fut arrangé, Platon se leva.

– Je vais chez le colonel, dit-il ; je crois que le digne homme sera bien aise de me voir.

– Que vas-tu lui dire ? fit Pierre effrayé.

– Je vais lui dire que ta dette sera payée, parbleu !

Chapitre XXII

– Que peux-tu bien avoir dit à Minkof ? demanda un soir la princesse à Dosia qui la regardait se déshabiller en revenant du théâtre.

– Ah ! voilà ! Que lui ai-je dit ? fit la jeune fille d'un air distrait. Et lui, qu'est-ce qu'il t'a dit ? reprit-elle avec plus de vivacité.

– Il m'a dit qu'il n'avait rien compris à ce que tu lui avais dit, répliqua la princesse en riant. Si tu trouves que ce n'est pas assez net, ne t'en prends qu'à toi-même.

Le visage de Dosia s'éclaira ; ses dents blanches brillèrent un instant, puis elle redevint sérieuse, ou plutôt distraite.

– Je lui ai dit que je ne comprends pas comment on peut être assez malheureux pour avoir envie de m'épouser, fit Dosia après un silence.

– Alors, c'était une vraie demande en mariage ? demanda la princesse en s'efforçant de ne pas rire.

– Oui, répondit Dosia ; s'il l'a pris pour une impertinence, cela veut dire que j'ai compris sa proposition ; et s'il l'a pris pour une boutade, c'est que je ne l'ai pas tout à fait comprise. N'est-ce pas clair ?

– Pas trop, fit la princesse riant toujours.

– C'est toujours aussi clair que son discours à lui ! « Mademoiselle, les liens du mariage sont aussi sacrés qu'insolubles. Heureux celui qui trouve dans ce désert du grand monde l'épouse qui doit couronner son foyer et embaumer sa vie ! Si je pouvais être celui-là, je m'estimerais à jamais heureux. »

– Voyons, Dosia, il ne t'a pas dit cela ! s'écria la princesse.

– À peu près ! Si je me trompe, ce n'est pas de beaucoup. Tu vois qu'à une demande aussi amphigourique je ne pouvais pas faire d'autre réponse.

– Mais il m'a demandé si ta mère accueillerait sa demande ; donc, c'est sérieux. Veux-tu que j'écrive à ta mère ?

– Non, non ! s'écria Dosia. Ne réveillons pas le chat...

– Chut ! fit la princesse en mettant son doigt sur ses lèvres d'un air de reproche.

– Soit, je n'achèverai pas ! fit Dosia. Je suis bien sage, à présent, tu vois ! Je laisse mes phrases à moitié. Je voulais dire qu'il y a six mois que maman ne m'a grondée, et que cette habitude m'a été très douce à perdre... Donc, quand je voudrai me marier, avec l'aide de la sage Sophie, mon mentor, je n'aurai pas besoin de maman pour me décider.

– Minkof est riche, il est jeune, bien apparenté, il a une belle place.

– Il est bête comme une oie ! murmura Dosia, les yeux levés au plafond.

– Pas comme une oie, corrigea la princesse.

– Come un oison en bas âge, rétorqua Dosia ; mais je crois qu'il n'est peut-être pas pire que les autres...

– Celui qu'on aime, dit la princesse, ne ressemble pas aux autres...

– C'est vrai ! murmura Dosia, mais ce ne sera pas lui.

Sophie le regarda non sans quelque surprise. La jeune fille rougit et se mit à jouer avec les flacons de la toilette.

– Que décides-tu à propos de Minkof ? demanda la princesse qui avait achevé de natter ses cheveux.

– Je ne sais pas, je demanderai à ton frère ce qu'il en pense, dit Dosia, qui devint toute rouge : il est de bon conseil.

Elle embrassa la princesse et disparut.

Le lendemain, Platon fumait paisiblement une cigarette, lorsqu'il vit apparaître Dosia dans l'écartement des rideaux de la salle à manger. La princesse s'habillait pour sortir ; l'heure était bien choisie.

– Mon Dieu ! dit Platon en souriant, que vous êtes donc sérieuse, ma cousine.

Depuis les fiançailles de Pierre avec Sophie, il traitait moins cérémonieusement la jeune fille et l'appelait souvent ma cousine, en plaisantant.

– C'est qu'il s'agit de choses sérieuses ! répondit Dosia.

Elle s'assit en face de lui. La table les séparait. Un rayon doré de soleil d'avril glissait à travers la triple armure des rideaux et caressait la jeune fille, s'arrêtant sur une boucle de cheveux, sur un pli de la jupe lilas tendre... Elle était elle-même avril tout entier, – pluie et soleil, caprices, promesses, grâce mutine et parfois rebelle... avril qui s'ignore et se laisse mener par le baromètre.

Le baromètre allait être Platon.

– Voyons ! dit-il en reposant son verre vide sur la soucoupe.

Plus d'une fois le jeune homme avait été appelé à décider de graves questions de toilette ou de convenances. Il s'attendait à quelque ouverture de ce genre.

– Me conseillez-vous de me marier ? dit Dosia toute rose et les yeux baissés.

La surprise était forte. Tout aguerri qu'il fût aux fantaisies de mademoiselle Zaptine, Platon n'avait pas songé à celle-là. Et pourquoi pas ? N'était-elle pas en âge de se marier ?

Il reprit son sang-froid, et sans autre signe d'émotion qu'un peu de rougeur à ses joues ordinairement pâles :

– Cela dépend, répondit-il.

– De quoi ? fit Dosia.

– De bien des choses. À qui avez-vous l'intention de vous marier, s'il n'y a pas d'indiscrétion ?

– Je n'ai pas l'intention de me marier, riposta Dosia en frappant un petit coup sec sur la table avec la cuiller à thé.

Platon se mordit la lèvre inférieure.

– En ce cas, pourquoi m'avez-vous fait cette question sérieuse ? dit-il après un court silence.

– Parce que je pourrais avoir l'intention de me marier, répondit Dosia en cassant méthodiquement un petit morceau de sucre avec le manche d'un couteau.

– Quand vous aurez cette intention, je crois que le moment sera venu de débattre l'opportunité de votre résolution.

Dosia coupa court à l'extermination de son morceau de sucre, et regardant Platon du coin de l'œil :

– Vous m'avez enseigné vous-même, dit-elle, la nécessité de ne rien résoudre avant d'avoir réfléchi longtemps à l'avance et hors de la pression des circonstances extérieures.

Platon s'inclina sans rien dire, possédé soudain de l'idée assez peu raisonné de tirer l'oreille à cette excellente écolière qui répétait si bien sa leçon.

– Je suis à vos ordres, dit-il enfin ; veuillez vous expliquer.

Dosia se remit à casser du sucre.

– M. Minkof a demandé ma main, dit-elle ; ferais-je bien de l'épouser ?

Platon s'absorba dans la contemplation de la nappe, et toute sa colère se tourna contre le prétendant.

– Cet imbécile ? proféra-t-il sans ménagement aucun.

– Oui, répondit Dosia d'un ton plein d'innocence.

Le sucre grinçait sous le couteau...

– Pour l'amour de Dieu, s'écria Platon, cessez d'écraser ce sucre ; vous me faites mal aux nerfs !

– Je ne suis pas nerveuse, répondit Dosia d'un air plein de commisération pour les gens nerveux.

Elle se leva pourtant, de peur de tentation, et recula sa chaise, abandonnant le sucre à une mouche précoce éclose entre les rideaux.

Mais, en quittant sa place, elle perdit la parure de son rayon de soleil, et l'appartement sembla devenir sombre.

– En général, reprit Dosia, se décidant enfin à s'expliquer, croyez-vous que je doive me marier, que je sois assez raisonnable pour entrer en ménage ?

Platon ne put s'empêcher de rire.

– Assez raisonnable ? dit-il. Cela dépend. Quand vous n'écrasez pas de sucre, vous êtes fort acceptable.

Un sourire furtif glissa sur les lèvres de la malicieuse. Elle trempa l'extrémité de ses doigts sucrés dans le bol à rincer les tasses, puis les essuya à son petit mouchoir, et... garda le silence.

Platon se vit obligé de continuer :

– Le mariage, dit-il, est certainement une chose fort sérieuse ; chacun y met du sien... Si le mari est très raisonnable, la femme l'étant moins... il peut s'établir néanmoins une sorte d'équilibre qui...

Il vit sur le visage de Dosia quelque chose, – je ne sais quoi, – qui l'arrêta court. Elle leva sur lui ses grands yeux innocents.

– Alors, il me faut un mari très sage ? fit-elle en toute candeur.

Platon, agacé, ne répondit pas.

– À cette condition, continua-t-elle, je puis me marier ?

Soudain la vision du mess du camp, le bol de punch, le récit de Pierre, tout cet ensemble de souvenirs odieux se dressa devant Platon et rompit le charme qui l'enlaçait.

– Cela dépend, répondit-il rudement. Chacun se connaît. Faites ce que votre conscience vous conseillera.

Là-dessus, il quitta la salle à manger.

Le rayon d'avril avait disparu, une giboulée battait furieusement les vitres. Dosia resta immobile. La grande pièce était presque obscure ; les rideaux interceptaient le peu de lumière que laissaient filtrer les gros nuages noirs poussés par un vent violent. Une larme roula sur la joue de la jeune fille, puis une autre ; les gouttes brillantes se suivaient de près, dessinant un filet sombre sur le corsage lilas...

Le nuage s'envola, portant ailleurs la grêle et la dévastation ; un pâle rayon jaune se glissa obliquement dans la salle à manger, puis le ciel, redevenu bleu, apparut en haut de la fenêtre ; le soleil d'or mit une paillette à chaque plat d'argent du dressoir, à chaque clou doré de la haute chaise de maroquin où Dosia siégeait en cassant du sucre... la mouche revint se poser sur la nappe... la jeune fille n'avait pas remué.

– Eh bien ! où donc es-tu, Dosia ? fit la voix de la princesse ; il ne pleut plus, nous sortons.

La jeune fille disparut par une porte au moment où Sophie entrait par l'autre. Une minute après, elle reparut, coiffée, gantée, voilée...

et personne ne sut qu'elle avait pleuré.

Le printemps s'avançait. Madame Zaptine réclamait sa fille ; Sophie promit de la lui conduire avant la Pentecôte, c'est-à-dire avant son mariage, car les nouveaux époux se promettaient de voyager pendant la lune de miel. Madame Zaptine invita les trois amis à passer huit jours chez elle avant la noce. Pressée par les instances de Dosia, la princesse y consentit.

– Que veux-tu que je devienne quant tu ne seras plus là ? disait tristement la jeune fille.

– Tu reviendras l'hiver prochain, répondait la princesse.

Dosia secouait tristement la tête. Quand on a dix-huit ans, l'hiver prochain est synonyme des calendes grecques.

Depuis les bourrasques d'avril, elle était devenue toute différente d'elle-même. Si la princesse n'avait pas été absorbée par les préparatifs de son mariage, elle eût certainement remarqué cette métamorphose si rapide et si importante ; mais elle n'y songeait guère. Pierre ne songeait qu'à lui-même, et pendant qu'il bataillait avec sa conscience et sa philosophie, la cause de ses soucis dépérissait étrangement.

Le soir de leur arrivée chez madame Zaptine, ils furent tous à la fois frappés de cette vérité, jusque-là méconnue. Le cri de la mère leur ouvrit les yeux.

– Mon Dieu ! s'écria madame Zaptine, il faut que tu sois bien malade, Dosia, pour avoir maigri comme cela !

Les dix paires d'yeux qui se trouvaient dans la pièce se tournèrent aussitôt vers la jeune fille qui rougit. L'incarnat de la confusion lui rendit un éclat passager.

– C'est la sagesse, maman ! dit-elle d'une voix qui voulait être joyeuse, mais qui s'éteignit dans un sanglot.

Elle s'enfuit dans le jardin.

Elle regrette beaucoup de vous quitter, à ce que je vois, dit la bonne madame Zaptine, cherchant à atténuer ce que sa première remarque pouvait avoir de désobligent pour l'hospitalité de la princesse.

– Oui, répondit celle-ci lentement et en réfléchissant ; je ne croyais pas que ce regret fût si vif... Je voudrais bien le lui épargner, et pourtant je ne vois guère...

– Bah ! dit une sœur aînée, il faut bien qu'elle s'accoutume à rester à la maison. Nous n'en sommes par sorties, nous autres, et cela ne nous empêche pas de nous porter à merveille.

Platon regarda d'une façon peu sympathique celle qui parlait et lui tourna le dos.

– Pauvre petit oiseau ! pensa-t-il, la cage va se refermer et lui meurtrir les ailes !

Le lendemain, dès l'aube, Dosia descendit au jardin. Comme tout lui parut changé ! C'était pourtant le même jardin ; la planche flexible où elle avait séduit son cousin était un peu plus déteinte que l'année précédente, mais les chenilles tombaient avec la même profusion. Dosia évita la balançoire et prit à gauche, dans les taillis de lilas en fleur.

De son côté, Platon n'avait guère dormi : il avait passé la nuit à se demander si c'était bien le changement d'air et la vie mondaine qui avaient amaigri et pâli les joues de mademoiselle Zaptine.

Un secret désir de connaître la topographie du jardin, de s'assurer que Pierre, matériellement au moins, n'avait pas altéré la vérité, poussa Sourof à sortir de sa chambre.

Pierre n'avait pas menti : le tableau de sa folle équipée était fidèle, – en ce qui concernait le cadre ; la balançoire, l'escalier périlleux, la pelouse où l'on jouait aux *gorelki*, tout était bien à sa place. La grosse tête noire du chien de Dosia s'était montrée à l'entrée d'une niche dans la cour... Platon s'enfonça au hasard dans le jardin pour boire jusqu'au bout la coupe d'amertume et trouver le pavillon en ruine où Dosia avait demandé à son cousin de l'enlever.

Il marcha quelques minutes à l'aventure. À travers le jeune feuillage, les paillettes étincelantes de la rivière lui indiquaient de temps en temps le chemin ; au bout d'une longue allée de tilleuls il vit apparaître le toit bleu de ciel du petit kiosque et se dirigea vers son but à travers les méandres peu compliqués d'un labyrinthe classique.

Mourief avait décrit exactement jusqu'aux colonnes dépouillées de plâtre où la brique apparaissait comme la rougeur d'une plaie. Sourof entra sous la coupole ; les bancs de pierre rongés par la mousse étaient à la place indiquée ; une grosse grenouille douairière regarda fixement Platon, puis sauta de tout son poids dans l'herbe qui envahissait les degrés de ce baroque lieu de repos.

Le jeune homme s'assit sur un des bancs humides et réfléchit.

Tout était donc vrai ! Pourquoi Mourief n'avait-il pas eu la charité de se taire ? Au moins le supplice du doute et la torture de la méfiance eussent été épargnés à son ami.

– Je devais l'aimer ! se dit Platon avec cette sorte de fatalisme qui est une des originalités du caractère russe. Puisque je devais l'aimer, que n'ai-je pu l'aimer aveuglément.

Dans l'affaissement complet du désespoir, il laissa aller sa tête sur sa poitrine et resta péniblement absorbé... Un bruit léger attira son attention : de l'autre côté du pavillon, encadrée dans un bosquet de lilas, Dosia le regardait douloureusement, les mains jointes et abandonnées sur sa robe. Comme il levait les yeux, elle lui fit un signe de tête sérieux, presque solennel, et glissa entre les deux murailles de feuillage.

Platon n'essaya pas de la rejoindre et resta tristement préoccupé jusqu'au moment où la cloche l'appela pour le déjeuner.

La maison Zaptine était le temple du brouhaha. Si ce dieu a jamais eu des autels, l'encens qu'on brûlait pour lui dans cette demeure devait lui être particulièrement agréable, car il y séjournait de préférence.

Pendant deux grandes heures le déjeuner rassembla tour à tour les membres de la famille et les visiteurs. Par une de ces faveurs spéciales que la Providence met en réserve pour les gens indécis, ceux qui avaient quelque chose à se dire ne parvenaient pas à se rencontrer, les uns entrant, les autres sortant toujours mal à propos. On finit pourtant par se réunir au complet, ou à peu près.

– Qu'allez-vous faire aujourd'hui ? dit madame Zaptine. Il faudrait aller vous promener.

Une partie de plaisir fut vite organisée. On devait prendre le thé dans la forêt, puis revenir le long de la rivière, alors haute et superbe, qui baignait des prairies magnifiques. Un fourgon partit en avant avec le cuisinier, la ménagère, le buffetier et toutes les friandises imaginables.

Vers quatre heures, la compagnie se mit en route : les uns en calèche, les autres en drochki de campagne, – longue machine roulante où l'on ne peut guère tenir en équilibre qu'à condition d'être très tassé, en vertu sans doute de l'attraction moléculaire. Dosia avait voulu monter son cher Bayard, qui, en l'absence de sa jeune maîtresse, s'était encore perfectionné dans l'art de défoncer le tonneau. L'inspection des remises ayant prouvé l'impossibilité absolue de se servir des selles d'hommes, mises hors d'usage par un trop long abandon, force fut aux jeunes gens de monter dans les équipages.

Dosia, vêtue d'une longue amazone en drap bleu foncé, coiffée d'un large feutre Henri IV orné du classique panache blanc, maniait sa monture avec une aisance parfaite. Pendant cinq minutes elle trotta paisiblement à côté de la calèche où sa mère faisait à ses hôtes les honneurs du domaine, mais cette sagesse forcée l'ennuya bientôt ; elle cingla d'un coup de cravache Bayard qui fit feu des quatre pieds, s'enleva, rua, couvrit la calèche de poussière et partit comme une flèche dans la direction de la forêt. On ne vit bientôt plus qu'un tourbillon confus sur la route poudreuse.

– Elle va se casser le cou ! s'écria la princesse.

– Non ! soupira mélancoliquement madame Zaptine ; c'est toujours comme ça, et il ne lui arrive jamais rien !

Chapitre XXIII

En arrivant sous les ombrages de la haute forêt, la compagnie trouva le thé préparé dans une clairière. Le gazon, semé de petits œillets roses, offrait le plus moelleux tapis ; une grande nappe damassée brillait comme une pièce de satin blanc sur le vert de la pelouse ; des jattes de crème douce, des pyramides de gâteaux, de larges terrines en verre contenant du lait caillé recouvert de sa crème épaisse et jaune, entourées de glace pilée pour garder plus de fraîcheur, retenaient les coins de la nappe ; d'ailleurs, l'air était parfaitement calme et la chaleur fort supportable, même sur la route. Mille fleurettes odorantes se cachaient dans les taillis, à l'abri des grands parasols de la fougère. En haut dans les panaches des bouleaux, dans le feuillage bruissant des aunes, un merle jaseur jetait parfois sa fusée moqueuse par-dessus les gazouillis confus des oiseaux du bois ; de loin en loin on entendait l'appel du coucou résonner avec opiniâtreté, forçant l'attention de l'oreille distraite, pour se taire tout à coup, laissant une sorte de vide dans l'orchestre de la forêt.

Dosia vint à la rencontre des équipages. Elle avait mis pied à terre. Son chapeau à la main, sa traîne sous le bras, elle marchait aussi à son aise que dans le salon de la princesse ; mais son joli visage avait perdu la mutinerie caressante qui semblait demander grâce d'avance pour l'épigramme prête à jaillir. Ses cheveux, toujours rebelles, ne flottaient plus en boucles dans un filet sans cesse débordé. Depuis qu'elle avait dix-huit ans, Dosia nattait son opulente chevelure ; mais les tresses trop lourdes avaient entraîné le peigne et retombaient bien bas sur sa jupe sans qu'elle en prît souci. C'est ainsi qu'elle apparut à Platon, sérieuse, presque hautaine, triste, avec une nuance d'amertume dans le pli de sa bouche... Non, ce n'était plus Dosia ; c'était une femme qui souffrait et qui voulait souffrir en silence.

Cette apparition resta profondément gravée dans le cœur de Sourof. Il sentait que le cerveau de Dosia travaillait. – Qu'allait-il en sortir ? Sagesse ou folie ? La sagesse mondaine aura-t-elle le dessus ? Ou bien une Dosia nouvelle allait-elle se révéler, plus sérieuse et plus digne d'être aimée ?

D'un joli mouvement de tête, la jeune fille secoua ses tresses en arrière, et sa gravité parut s'envoler.

On s'assit par terre, et mille folies commencèrent de toutes parts.

Les tasses qui se renversent, les jattes de crème qui ne veulent pas garder l'équilibre, les assiettes passées pleines qui reviennent vides, sans que personne puisse ou veuille dire comment cela s'est fait, toute cette joie folâtre des repas en plein air déborda bientôt autour de la nappe. Les sœurs de Dosia étaient fort aimables en société ; elle réservaient tous leurs défauts pour la vie d'intérieur, sous ce prétexte généralement allégué, qu'en famille il n'est pas nécessaire de se gêner.

Dosia donnait le ton à ce tumulte de bonne société ; son petit rire argentin retentissait de temps en temps au milieu des groupes, et Platon écoutait avec une joie mêlée d'angoisse ce rire discret, quoique épanoui, – indice d'un esprit libre et gai.

L'esprit détendu, il se laissa doucement bercer par cette symphonie joyeuse des rires humains mêlés à la gaieté printanière de la forêt.

– C'est fini, s'écria Dosia en se renversant dans l'herbe une main sous la tête. Les pieds perdus dans les plis de sa jupe, elle ressemblait ainsi à ces figures d'anges dont le corps se termine par une longue draperie flottante. C'est fini, Pierre ! Maman va me gronder horriblement, mais ça m'est égal, tant pis pour les convenances ! Je ne puis dire *toi* à Sophie, que je ne connais bien que depuis un an, et *vous* à son mari que j'ai connu toute ma vie. J'ai fait ce que j'ai pu pour obéir à ces convenances... J'y renonce, c'est trop difficile !

Pendant que les fiancés riaient et que madame Zaptine ébauchait une semonce, Platon se leva brusquement. Quelques-uns étaient déjà debout, car le repas touchait à sa fin.

– À moins que la Sagesse en personne ne s'y oppose, dit Pierre, coupant irrévérencieusement la parole à sa tante, ce n'est pas moi qui m'en plaindrai.

Les yeux de Sophie errèrent un instant de son frère à Dosia.

– Je n'y vois point de mal, dit-elle en souriant ; mais son regard trahissait une vague inquiétude.

Dosia, toujours étendue, les yeux perdus dans le feuillage, n'avait cessé de rêver ; tout à coup, ramenant son regard vers ceux qui l'entouraient, elle saisit le coup d'œil inquiet de Sophie.

D'un bond elle fut sur pied, et, quittant ce groupe, elle fit quelques pas du côté opposé où Platon portait ses méditations, puis s'approcha d'un tronc d'arbre situé près de la route, à l'extrémité de la clairière. De cette place, elle entrevoyait, au tournant du chemin capricieusement dessiné par la fantaisie des chariots, la masse sombre des équipages et les robes plus claires des chevaux qu'on n'avait pas dételés.

Elle jeta un coup d'œil de ce côté, puis s'adossa tristement à la vieille écorce rugueuse qui avait reçu les pluies et les neiges de tout un siècle. Elle ne pleura pas... Le matin elle avait dépensé toutes ses larmes ; debout, les mains pendantes, elle regardait la terre ; une ombre se dessina sur le sentier ; elle leva la tête. Platon, revenu, redevenu devant elle, étudiait sa physionomie mobile. Elle ne parut point surprise de le voir.

– Je voudrais être morte, dit-elle avec douceur, sans autre expression qu'un peu de fatigue ; – c'est difficile de vivre !

Frappé au cœur, il garda le silence un instant.

– La vie est longue, heureusement, commença-t-il avec un vague sourire. On a le temps de changer...

Le regard de Dosia arrêta sa plaisanterie innocente, qui lui parut sonner aussi faux qu'une cloche fêlée.

– C'est trop difficile de vivre ! répéta Dosia en secouant tristement la tête. Il faut pourtant tâcher de s'y habituer ! Mais c'est ennuyeux !...

Elle se détacha avec effort du tronc qui la soutenait et s'éloigna. Sa jupe froissait les hautes herbes en passant ; toute sa figure délicate et fragile s'élançait svelte et menue comme un des troncs de bouleaux qui l'environnaient... Platon eut envie de l'atteindre, de l'enlever de terre et de lui dire : – Vis pour moi !

– Dosia ! cria Mourief de ce ton chantant que les paysans emploient pour s'appeler de loin dans les bois ; Dosia, veux-tu que je t'amène ton chevalier français ?

– Oui, s'il te plaît, répondit-elle.

Platon retomba dans le gouffre de ses perplexités.

Pierre amena la pauvre bête, douce comme un mouton quand Dosia ne s'en mêlait pas.

– Veux-tu que je lui fasse franchir le fossé ? dit-il à sa cousine ; tu le monteras sur la route.

– Pourquoi ? fit Dosia ; il est très bien ici.

À peine Pierre avait-il eu le temps de vérifier l'étrier que, s'aidant de la main qu'il songeait à peine à lui tendre, la jeune fille était en selle. Il arrangea les plis de sa jupe autour de ses pieds mignons, pendant que Platon, en proie à toutes les rages de la jalousie, se demandait s'il fallait ouvrir les yeux à sa sœur.

Mourief tourna vers lui son visage honnête.

– Elle va se casser le cou ! dit-il à Platon en clignant de l'œil.

Dosia lui allongea un léger coup de cravache qui fit tomber sa casquette blanche dans l'herbe, et rit une seconde ; puis, rassemblant son cheval sans prévenir personne, elle sauta le fossé, large de quatre pieds, et arrêta sur place Bayard frémissant d'un si bel exploit.

– Ce ne sera pas encore pour cette fois, dit-elle en flattant le cou de son cheval. Nous ne périrons pas ensemble. N'est-ce pas, mon ami ?

Elle prit doucement les devants sans faire de poussière, pendant que le reste de la société s'entassait dans les équipages.

Chapitre XXIV

Au retour, Dosia ne s'isola point de la compagnie ; trottant paisiblement, tantôt à côté du drochki, tantôt auprès de la calèche, elle fit preuve d'une bonne grâce, d'une amabilité que sa mère ne lui connaissait pas.

– Comment ! chère princesse, disait madame Zaptine émue jusqu'aux larmes, c'est à vous que je dois ce changement ? C'est vous qui avez fait de ma sauvage Dosia cette aimable jeune fille ?

– Il est bien resté un peu de l'ancienne Dosia au fond, tout au fond, répondait la princesse en souriant.

Mais madame Zaptine n'entendait pas qu'on dépréciât sa fille ; et l'objet de ses commentaires continuait à trotter modestement à l'anglaise et à charmer l'assistance par ses réflexions judicieuses, si bien que ses sœurs, stupéfaites de cette nouveauté, oubliaient positivement d'en être jalouses.

Le chemin de retour suivait le bord de la rivière. À quelque distance, sur l'autre rive, un village étageait ses maisons de bois, les unes noircies par le temps, les autres toutes neuves, rousses et dorées. Le soleil, déjà bas, envoyait au visage des promeneurs des rayons presque horizontaux, et les ombre s'allongeaient démesurément sur le sol.

Dosia s'amusait à trotter dans l'ombre des chevaux de la calèche. Tout le monde était un peu fatigué, et les conversations languissaient.

La rivière coulait assez vite, bleue et profonde. À quelque distance devant eux, deux ou trois perches annonçaient un gué. Beaucoup de rivières, très hautes au printemps, n'ont plus, en été qu'un filet d'eau : les gués alors sont praticables à pied ; mais la saison n'était pas assez avancée pour qu'il en fût ainsi.

Un paysan, conduisant une télègue attelée d'un seul cheval, descendit du village sur la rive opposée et entra dans l'eau, suivant la ligne tant soit peu problématique indiquée par les perches.

Les équipages s'arrêtèrent pour voir comment il opérerait ce passage assez périlleux. Le goût des spectacles est si naturel à l'homme, que nul ne hait un peu d'émotion pour le compte d'autrui.

Le cheval du paysan ne témoignait pas d'un empressement prodigieux à prendre le bain froid que lui préparait son maître ; il ne se décida qu'après avoir bien renâclé pour protester de son mieux. Voyant qu'il n'était pas le plus fort, cependant, il avança de quelques pas, puis s'arrêta. Le paysan le laissa souffler un moment.

– L'eau est haute, dit madame Zaptine ; il aura quelque peine à s'en tirer.

– Le gué est-il dangereux ? demanda Platon.

– Non... Quand on le tient, l'eau ne dépasse guère le poitrail ; mais si on le perd, le lit de la rivière descend rapidement, et alors il faut nager.

Le paysan s'était remis en route ; le cheval avançait avec méfiance, flairant l'eau ; la charrette glissa rapidement... L'homme eut de l'eau jusqu'à mi-corps ; le cheval nageait et semblait vouloir se débattre dans son harnais.

– Que Dieu me sauve ! cria le paysan avec angoisse.

– Il a perdu le gué ! s'écria-t-on tout d'une voix.

Dosia, les sourcils un peu froncés, les narines dilatées, regardait de tous ses yeux, mais n'avait pas encore dit un mot.

D'un geste de chatte, serré et rapide, elle ramena sur le devant de la selle les plis traînants de sa jupe d'amazone, cingla Bayard de sa cravache et prit le petit galop.

– Dosia ! cria sa mère. Où vas-tu ?

Une demi-douzaine de cris effarouchés partirent des équipages ; les deux jeunes gens sautèrent sur la route. Mais Dosia était déjà dans la rivière. Bayard connaissait le gué, lui, et n'avait garde de se tromper. Il avançait vaillamment, flairant l'eau non par crainte, mais par précaution.

Quand Dosia fut au milieu de la rivière, une toise environ la séparait encore du cheval en détresse qui battait l'eau de ses pieds ; la charrette avait presque disparu ; le paysan invoquait tous les saints du paradis. La jeune fille hésita un moment ; puis, esquissant un signe de croix rapide, elle quitta le gué ; Bayard prit la nage, et ils firent tous deux un plongeon formidable.

Un cri d'effroi retentit sur le rivage. Les deux jeunes gens avaient jeté bas leurs uniformes et s'apprêtaient à entrer dans l'eau.

– Ce n'est pas la peine ! cria Dosia. Avec l'aide de Dieu !...

Elle allongea le bras, saisit la bride du pauvre bidet affolé, qui obéit, sentant le salut. Bayard, bien dirigé, retrouva le gué, reprit terre, et, un instant après, les deux chevaux, la charrette et Dosia elle-même, tout ruisselants, arrivaient au rivage, semblables à la cour de Neptune.

Le paysan se confondait en remerciements et en excuses.

– Tu mourras de froid, Dosia ! criait madame Zaptine. Il faut avoir perdu la tête ! Cette enfant me fera mourir...

Pendant qu'elle gémissait, Dosia était déjà loin. Bayard l'emportait vers la maison, du plus vigoureux galop qui fût dans ses moyens.

Personne ne souffla mot, durant le trajet, dans les deux équipages. Chacun avait trop à faire avec ses propres pensées. Les cochers n'avaient pas eu besoin d'ordres pour mettre leurs équipages ventre à terre, tandis que les yeux des promeneurs suivaient la trace du passage de Dosia, marquée par un filet d'eau non interrompu dans la poussière.

Enfin les chevaux hors d'haleine s'arrêtèrent devant le perron.

Malgré la hâte générale, Platon fut le premier dans la salle à manger, et le premier objet qui frappa ses yeux fut Dosia, déjà déshabillée et revêtue d'un grand peignoir de flanelle appartenant à sa mère.

Elle était debout, très pâle et tremblant de froid. La masse de ses effets mouillés gisait sur le plancher devant elle.

– Je n'ai pas pris la peine de monter, maman, dit-elle en voyant sa mère : on m'a mis vos habits. Voyez comme c'est drôle !

Elle riait, mais ses dents claquaient, quoi qu'elle en eût.

On la coucha sur un canapé ; on la roula dans une chaude couverture malgré ses protestations, et le samovar, grâce aux soins des domestiques intelligents, apparut aussitôt. Dès la seconde tasse de thé bouillant, Dosia cessa de trembler, et la couleur revint à ses joues.

Alors madame Zaptine, jusque-là fort inquiète, entama un sermon.

– Maman, dit la jeune fille, en lui coupant peu cérémonieusement la parole, mon père m'a enseigné qu'il faut toujours secourir son semblable, même au péril de sa vie ; or, il n'y avait aucun péril. Bayard connaît le gué comme pas un ; – nous l'avons passé cent fois à nous deux.

– Et la fluxion de poitrine, malheureuse enfant ?

– Cela s'attrape aussi au bal, répondit philosophiquement Dosia ; et alors cela ne profite à personne. Maman, s'il vous plaît, donnez-moi encore une tasse de thé.

Il fallut bien terminer là cette semonce. Mais Dosia avait une idée, et elle tenait à la mettre à exécution.

– N'est-ce pas, maman, que Bayard s'est bien conduit ?

– J'avoue, dit madame Zaptine, que je n'attendais pas cela de lui.

– C'est que vous l'avez toujours méconnu, maman. Il a sauvé son semblable, Bayard. Aussi, il mérite une récompense, n'est-ce pas ?

– Certainement ; veux-tu que je lui fasse donner double ration d'avoine ?

– Un picotin d'honneur ? Oui, c'est gentil ; je vous remercie pour lui, maman, mais je voudrais autre chose.

– Quoi donc ?

– Il ne faut plus qu'il traîne le tonneau, maman ! C'est un vrai chevalier, vous ne pouvez plus vouloir l'avilir.

Au milieu des rires de la société, madame Zaptine déclara solennellement que Bayard serait désormais dispensé du service domestique. Mais ce n'était pas assez qu'une promesse ; il fallut convoquer les cochers et leur intimer l'ordre de ne plus chagriner la bonne bête.

Quand ils furent sortis :

– Je suis très contente, maman, dit Dosia, je vous remercie. Il me semble qu'à présent je dormirais bien.

– On va te porter dans ta chambre, fit la mère, pleine de sollicitude.

– Me porter ! s'écria Dosia en éclatant de rire, me porter comme une corbeille de linge qui revient de la buanderie ?... oh ! non, j'irai bien sur mes deux pieds !

Elle se leva, rejeta au loin la couverture, dont le pan tomba dans la tasse de sa sœur, et se tirant avec une dextérité merveilleuse de son peignoir deux fois trop long, elle se dirigea vers la porte. Au moment de sortir, elle se retourna et adressa aux assistants une révérence collective.

– Bonsoir ! dit-elle ; soupez de bon appétit ; moi, je meurs de sommeil.

Son regard évita celui de Platon qui ne l'avait pas quittée depuis qu'il était entré, et l'on entendit son rire dans l'escalier qu'elle avait peine à monter, embarrassée par ses vêtements.

Chapitre XXV

Dosia dormit tout d'une traite ; madame Zaptine eut le cauchemar et Platon ne dormit pas du tout. Le soleil de juin, qui se lève de bonne heure, le trouva assis sur son lit, les yeux ouverts, brisé par une nuit d'insomnie. Ce qu'il avait pensé, souffert, résolu cette nuit-là eût suffi pour remplir la vie d'un de ces hommes paisibles qui vont du berceau à la tombe sans avoir connu d'autre souci qu'une heure de retard ou la corvée d'un travail supplémentaire.

Las de son immobilité, il s'habilla et descendit doucement au jardin. Quatre heures sonnaient comme il passait devant le coucou de la salle à manger. Il enjamba deux ou trois domestiques assoupis sur des nattes dans les corridors, suivant la coutume russe immémoriale, ouvrit la porte, fermée patriarcalement d'un simple loquet, et se trouva sur le perron. Sous ses pieds, l'escalier casse-cou descendait vers la pelouse ; il s'y aventura, le descendit sans encombre et se mit à parcourir le gazon à grands pas.

Tout était humide de rosée ; le soleil envoyait des lames d'or à travers les rameaux et dessinait sur le sable des allées les masses capricieuses du feuillage. L'orchestre entier des oiseaux chantait l'aubade à plein gosier ; le bétail, déjà réuni dans les pâturages, donnait de la voix dans le lointain comme une basse continue ; parfois une vache laitière, retenue à l'écurie pour les besoins de la journée, répondait à cet appel par un mugissement sourd. Une abeille, éveillée de bon matin, frôla la joue de Platon et s'enfonça près de lui dans une grappe d'acacia jaune... Mais le jeune homme n'avait guère souci des séductions d'une matinée de printemps ! Dans la feuillée lointaine, le coucou venait de répéter dix-huit fois son appel mélancolique : la superstition veut que le nombre des appels du coucou, quand on l'interroge, soit le même que celui des années destinées à l'être auquel on a songé ; Dosia ne quittait pas les pensées du jeune officier ; – et, bien qu'il ne fut pas superstitieux, il sentit son cœur se serrer d'une nouvelle angoisse. Devait-elle mourir à dix-huit ans ?

Peut-être en ce moment même Dosia se débattait-elle sous l'étreinte de la maladie ? Peut-être la mort qu'elle avait appelée la veille planait-elle à son chevet ? – Et si elle n'aimait pas la vie « trop difficile », comme elle l'avait dit, Platon n'en était-il pas la cause ? N'était-ce pas lui dont le rigorisme outré, la pédante sagesse avaient attristé ce jeune cœur, jadis débordant de joie et de vie ? Qu'avait-il besoin d'exiger d'elle une perfection irréalisable ?

– Si elle meurt, se dit-il, que ferai-je ? que sera ma vie ! Quels remords ! et quels regrets !

Ses pas l'avaient conduit au petit pavillon moisi. Il s'assit sur le banc et regarda la charmille où, la veille, Dosia lui était apparue.

– Comment, se dit-il, n'ai-je pas compris alors qu'elle ne tenait pas à la vie ? Comment dans ce regard navré n'ai-je pas lu la fatigue de la lutte incessante ?

Il resta longtemps à cette place ; la rivière brillait non loin d'un bleu froid ; il sentit passer sur lui le frisson de l'onde glacée tel qu'il avait dû passer la veille sur Dosia pendant qu'elle entrait si courageusement dans l'eau.

Il s'accabla de reproches, tout en continuant à marcher au hasard pendant longtemps. Lassé enfin, il rentra, se jeta sur son lit et s'endormit.

Il se réveilla à huit heures. Un bruit de ruche remplissait la maison sonore, entièrement construite en bois de sapin. Il se hâta de descendre dans la salle à manger où madame Zaptine préparait le café elle-même en l'honneur de ses hôtes.

– Eh bien ! madame, dit-il, prenant à peine le temps de leur souhaiter le bonjour, comment va Do... mademoiselle Théodosie ?

– Mademoiselle Théodosie est là, répondit la voix légèrement enrouée de la jeune fille ; je me chauffe au soleil sur le balcon, monsieur Platon.

En trois enjambées il franchit la distance qui le séparait de la porte et se trouva en présence de Dosia. Vêtue de laine blanche, elle s'était pelotonnée dans un grand fauteuil ; une ombrelle doublée de rose protégeait sa jolie tête un peu pâle contre les rayons du soleil déjà brûlant.

– Vous ne ressentez aucun mal ? dit Platon d'une voix aussi rauque que s'il avait subi l'immersion de la veille. Il n'osait avancer la main vers celle de la jeune fille.

– Je n'ai rien du tout ! j'ai dormi comme un loir ! Il n'est rien de tel qu'un bain froid pour faire dormir !

– Mais à cette époque de l'année...

– Dans quinze jours, tout le monde se baignera par partie de plaisir ! J'ai un peu devancé l'usage, voilà tout ! Il n'y a pas là de quoi fouetter le plus petit chat.

Elle se tut et baissa les yeux. Il la regardait comme on regarde un trésor perdu et retrouvé soudain.

– Avez-vous pris votre café ? dit-elle pour rompre le silence qui se prolongeait.

– Non !

– Faites-vous apporter votre tasse ici, nous déjeunerons ensemble.

Platon obéit. L'instant d'après, un petit domestique apportait un guéridon avec le plateau du déjeuner.

La cordialité vient en mangeant. Si cette vérité n'est pas proverbe, elle mérite de le devenir ; mieux que tout le reste, le pain et le sel de l'hospitalité établissent promptement la communauté des impressions. Aussi Dosia se mit-elle bientôt à jaser comme autrefois. De temps en temps une ombre passait devant ses yeux, mais elle la chassait d'un geste enfantin, comme on écarte le sommeil en se frottant les paupières.

Quand les tasses furent vides, Dosia émietta sur le balcon le pain qui lui était resté, et les oiseaux arrivèrent de toutes parts pour profiter de cette aubaine.

– Ils me connaissent, dit Dosia en se laissant retomber dans son fauteuil d'un air heureux et fatigué ; ils m'aiment bien.

Elle ferma les yeux sur cette parole. Ses cils noirs portaient une ombre foncée sur ses joues pâles, déjà précédemment amaigries. Platon éprouva un vague sentiment d'effroi.

Le petit domestique vint chercher le plateau. Mourief, puis Sophie s'approchèrent tour à tour de Dosia pour prendre de ses nouvelles. Sophie alla rejoindre la famille dans la salle à manger et ferma doucement la porte du balcon...

Platon était seul avec la jeune fille.

– Dosia ! dit-il après un moment d'hésitation.

Elle ouvrit les yeux qu'elle avait refermés, et un flot de sang lui monta au visage.

– Dosia ! reprit le jeune homme, j'ai été très dur avec vous... je vous prie de me le pardonner.

Elle étendit sa main comme pour l'empêcher de parler ; il prit cette main glacée et la garda dans la sienne.

– J'avais dans l'esprit, continua-t-il, un idéal de perfection chimérique ; je voulais vous obliger à lui devenir semblable... J'ai eu tort : toute créature a ses instincts, ses sentiments, ses impressions qui lui sont propres et qui lui font une originalité ; – vous ne pouviez pas...

– Être pareille à Sophie ? interrompit Dosia avec un soupir. Oh ! non !

Elle retira sa main que Platon essayait timidement de retenir, poussa un second soupir et détourna les yeux.

– Telle que vous êtes, Dosia, reprit Platon, vous êtes bonne et charmante ; vous méritez l'estime et l'affection de tous... et vous l'avez.

Un regard interrogateur, habitude de malice ou de coquetterie, glissa entre les paupières de la jeune fille, puis retomba. Elle rougit.

– Je tiens plus à l'estime de quelques-uns, dit-elle, qu'à l'estime de tous.

– L'un n'empêche pas l'autre, dit Platon. Vous m'avez inspiré un sentiment profond, que j'ignorais avant vous et qui changera ma vie...

Il s'interrompit ému : ses yeux, fixés sur le visage de la jeune fille, en avaient dit plus long que ses paroles. Elle se souleva brusquement dans son fauteuil et s'assit toute droite.

– J'ai honte, dit-elle d'une voix basse, mais ferme, j'ai grande honte, monsieur Platon, d'avoir volé une estime que je ne mérite pas. Vous m'aimez pour ma sincérité, pour ma franchise, – car d'autres qualités, je ne m'en vois guère ! Et bien, cela aussi est de ma part hypocrisie et mensonge. J'aurais dû vous le dire il y a longtemps, mais vous étiez parfois sévère ; je me disais : À quoi bon parler de toi à quelqu'un pour qui tu n'es rien ?... J'avais tort, je le vois aujourd'hui.

Platon l'écoutais indécis. Une lueur de joie indicible filtrait dans son âme, mais il n'osait y croire.

– Vous venez, reprit-elle, de parler de sentiments qui changeront votre vie. Avant qu'il soit trop tard, avant que ces sentiments fassent votre chagrin comme ils ont fait...

Elle se mordit la lèvre, pâlit, puis reprit :

– Je dois vous dire que je ne suis pas ce que vous croyez. L'an dernier, à pareille époque, lasse de la contrainte dans laquelle j'étais tenue ici, j'ai fait une folie qui me coûtera le bonheur de ma vie... Dans un moment d'exaspération, j'ai prié mon cousin Pierre de m'enlever. Il ne m'aimait pas. Je crois bien que je le savais, même alors ; mais j'avais menacé... peu importe le moyen que j'employai ; d'ailleurs j'étais résolue à tout. Il consentit et m'emmena. Mais nous n'avions pas fait quatre verstes que j'avais compris ma faute. Personne n'en avait connaissance, je la regrettais, mon cousin voulut bien me ramener ici, sans me faire les reproches que j'avais mérités. Après cela, monsieur, après une faute qui n'a fait tort qu'à moi, puisque Pierre est innocent, je ne suis plus digne de votre estime... pardonnez-moi de l'avoir usurpée si longtemps.

Elle se tut, deux grosses larmes roulèrent silencieusement sur la laine blanche de son peignoir. Elle voulut se contraindre, mais elle n'en eut pas la force ; ses sanglots éclatèrent douloureux, brisés comme ceux d'une créature désespérée, pour qui la vie n'a plus de ressources, et elle cacha son visage contre le dossier du fauteuil.

– Dosia, dit la voix de Platon, si près qu'elle tressaillit : Dosia, vous êtes un ange... Je le savais !

Elle frémit de la tête aux pieds.

– Vous le saviez ! Et vous m'aimiez un peu tout de même ?

– Non, je ne vous aimais pas, – pas assez du moins, – pas comme je vous aime à présent. Je me demandais si vous auriez assez de confiance en moi pour parler...

– J'ai voulu le faire cent fois, mais vous étiez si sévère, vous aviez si peu l'air de vous intéresser à moi... j'avais si grand-peur de vous !

– Et maintenant ?

– Maintenant, fit Dosia en souriant – ce sourire dans ses yeux mouillés lui donnait une grâce idéale, – j'ai encore un peu peur de vous, mais pas tant ! Est-ce que vous m'estimez vraiment ? Ah ! j'ai bien souffert de cette estime que je croyais volée !

– Oui, je vous estime quelque peu, répondit Platon en souriant aussi. Vous êtes comme Bayard : vous avez sauvé votre semblable.

– Oh ! quelle vétille ! s'écria Dosia.

– Je n'en ai pas fait autant ! mais comme je suis plus sage que vous, cela rétablit un peu la parité. Vous rappelez-vous ce jour où nous sommes tombés d'accord qu'il vous faudrait un mari très sage ?

– J'ai bien pleuré ce jour-là ! murmura Dosia.

– Vous ne pleurerez plus. Me trouvez-vous assez sage pour être votre mari ?

Dosia le regarda, lui tendit les bras, puis, par un mouvement de pudeur virginale, les replia sur sa poitrine et s'affaissa dans le fond du fauteuil, toute pâle, mais sans le quitter des yeux.

Il l'enleva et l'entraîna, – la porta presque, – jusque dans la maison.

Madame Zaptine eut alors une belle occasion de lever les bras au ciel à cette apparition incongrue, mais elle la manqua. Sophie la prévint d'un mot.

– Je crois, chère madame, dit-elle tranquillement, que mon frère à quelque chose à vous communiquer.

– Madame, dit Platon, veuillez m'accorder la main de mademoiselle Théodosie.

Nous renonçons à peindre le tumulte qui s'ensuivit. Homère seul ne serait pas inférieur à cette tâche.

Dosia ressuscitée d'un coup de baguette, monta mettre une robe, et au bout d'un quart d'heure réapparut, coiffée, habillée, – digne, en un mot, de sa nouvelle position de fiancée. On dansa, on joua à colin-maillard ; le vieil orgue de Barbarie qui jouait le *Calife de Bagdad* et *Aline, reine de Golconde*, fut si bien mis à contribution, que la manivelle en resta dans la main trop zélée de Mourief ; enfin, on fit tant de bruit et l'on s'amusa si bien que, jusqu'à l'heure du repos, les sœurs de Dosia n'eurent pas le temps de méditer sur la grande injustice que la destinée leur avait faite ce jour-là.

– Nous nous marierons dans huit jours, dit Platon, comme on servait la soupe.

– Comment ! comment ! cria madame Zaptine, et le trousseau ?

– Ce n'est pas le trousseau que j'épouse ; nous aurons le trousseau plus tard. Mais nous nous marieront dans huit jours, en même temps que Sophie. N'est-ce pas, Dosia ?

– Certainement, fit celle-ci. J'emmène Bayard.

– Quel bonheur ! s'écrièrent les sœurs toutes d'une voix.

– Ne vous réjouissez pas trop, fit Dosia en levant l'index d'un air menaçant ; sans quoi je vous laisserais mon chien.

On demanda grâce, et il fut convenu que Dosia emmènerait aussi son chien.

En sortant de table, toute la société descendit l'escalier casse-cou, et madame Zaptine, fidèle à une habitude de sa jeunesse, alla s'asseoir sur la balançoire flexible. Depuis trente-huit ans elle venait y faire un peu d'exercice après le dîner pour activer sa digestion.

Elle n'était pas assise depuis une demi-minute que deux de ses filles vinrent l'y rejoindre, puis Dosia, suivie de Platon qui riait, enfin toute la compagnie, à l'exception de Mourief qui, debout, à dix pas, les regardait en fumant sa cigarette.

– Vous avez l'air d'un vol d'hirondelles perchées sur un fil télégraphique, dit-il en se délectant à cette vue ; ma tante surtout, par sa diaphanéité.

Madame Zaptine rit de bon cœur ; elle était si contente ce jour-là qu'elle avait oublié d'être malade. La balançoire se mit en branle. Mourief les regardait sauter d'un air amusé.

– Dis donc, Dosia, s'écria-t-il, te souviens-tu ? l'an dernier...

Il s'arrêta vexé, craignant d'avoir fait une sottise.

– Oui, je m'en souviens, répondit Dosia en regardant Platon. Tu n'étais pas aussi aimable qu'aujourd'hui ! Allons, viens aussi faire un tour de balançoire.

Pierre jeta sa cigarette, vint s'asseoir près de Sophie et donna une vigoureuse impulsion à la planche lourdement chargée. Au milieu des rires chacun prit le mouvement.

– Vous allez casser la balançoire, criait madame Zaptine en faisant de vains efforts pour s'arrêter.

– Ça ne fait rien, ma tante, répondit Mourief. Allons ! Hop ! hop ! en famille !

ISBN : 978-3-96787-597-3

www.ingramcontent.com/pod-product-compliance
Lightning Source LLC
LaVergne TN
LVHW040104080526
838202LV00045B/3769